蓝星诗库

陈东东的诗

陈东东(1961—），出生并长期生活于上海。八十年代初读大学期间开始写作。曾编印诗歌刊物《倾向》（1988—1991）和《南方诗志》（1992—1993）等。出版有诗集《夏之书·解禁书》《导游图》《海神的一夜》，诗文本《流水》，随笔集《黑镜子》《只言片语来自写作》等。本书作品一部分为其写作三十五年来精选的九十首短诗，另一部分为三组"连行诗篇"。

它不晦黯，也不是
一个燃烧的词
依然匿藏于更薄的词典
足够被一张纸严密地裹住

它不发亮，也不反射
它缠绕自身的乌有
之光如扭曲铁丝

而当纸的捆绑松开
锈迹斑斑的铁丝刺破

它仍是一个奇异的词

人民文学出版社

图书在版编目(CIP)数据

陈东东的诗/陈东东著.—北京:人民文学出版社,2018
(蓝星诗库)
ISBN 978-7-02-014253-8

Ⅰ.①陈… Ⅱ.①陈… Ⅲ.①诗集—中国—当代 Ⅳ.①I227

中国版本图书馆CIP数据核字(2018)第092856号

责任编辑　王清平
装帧设计　柳　泉
责任校对　李义洲
责任印制　王重艺

出版发行　人民文学出版社
社　　址　北京市朝内大街166号
邮政编码　100705
网　　址　http://www.rw-cn.com

印　　刷　三河市鑫金马印装有限公司
经　　销　全国新华书店等

字　　数　97千字
开　　本　850毫米×1092毫米　1/32
印　　张　9　插页2
印　　数　1—5000
版　　次　2019年4月北京第1版
印　　次　2019年4月第1次印刷

书　　号　978-7-02-014253-8
定　　价　32.00元

如有印装质量问题,请与本社图书销售中心调换。电话:010-65233595

作者像

目　　录

I

诗篇 …………………………………… 3
语言 …………………………………… 4
犬目 …………………………………… 5
骨灰匣 ………………………………… 6
非洲 …………………………………… 8
点灯 …………………………………… 9
雨中的马 ……………………………… 10
一江渔火 ……………………………… 12
独坐载酒亭。我们该怎样去读古诗 ………… 13
树 ……………………………………… 15
进来 …………………………………… 16
残年 …………………………………… 17
夏日之光 ……………………………… 18
偶然说起 ……………………………… 20

· 1 ·

秋雨夜过墓地…………………… 21

北方 …………………… 23

麋鹿 …………………… 25

陵 …………………… 27

木匠 …………………… 29

废园 …………………… 31

病中 …………………… 33

旧地（古鸡鸣寺）…………………… 35

航线 …………………… 36

月亮 …………………… 39

否定者 …………………… 41

形式主义者爱箫 …………………… 43

海神的一夜 …………………… 45

纯洁性 …………………… 46

八月 …………………… 47

为一幅波斯地毯而作 …………………… 49

在汽车上 …………………… 51

夜曲 …………………… 53

忆甪直 …………………… 56

下降 …………………… 59

花园 …………………… 61

香樟树 …………………… 63

递送之神…………… …………………… 64

外滩	66
时代广场	68
低岸	70
一次延误	72
译经人	74
雨	76
过海	78
跨世纪	82
窗龛	84
小快板	86
途中的牌戏	88
眉间尺	91
何夕	93
旅行小说	95
梳妆镜	97
咏叹前的叙述调	99
礼拜五	101
喜歌剧	103
幽香	105
下扬州	107
导游图	109
幽隐街的玉树后庭花	112
应邀参观	117

梦不属于个人 …………………………… *120*

全装修 …………………………………… *122*

奈良 ……………………………………… *126*

电影诗 …………………………………… *127*

童话诗 …………………………………… *130*

译自亡国的诗歌皇帝 …………………… *133*

归青田 …………………………………… *134*

退思园之镜 ……………………………… *137*

题《题破山寺后禅院》 ………………… *140*

桃花诗 …………………………………… *142*

莫名镇 …………………………………… *144*

谢灵运 …………………………………… *146*

新疆 ……………………………………… *147*

写给娜菲的冬之喀纳斯序曲 …………… *148*

为题作石榴的本子而写并题写石榴 …… *158*

木马 ……………………………………… *160*

火车站 …………………………………… *162*

读书台 …………………………………… *164*

它仍是一个奇异的词 …………………… *166*

小区 ……………………………………… *168*

陈阿林 …………………………………… *170*

汪伦的回应 ……………………………… *172*

宇航诗 …………………………………… *174*

虹 …………………………………… *178*

如何让谢灵运再写山水诗 ………… *182*

南游记 ………………………………… *185*

读一部写于劫后的自传 ……………… *188*

度假 …………………………………… *191*

北京人 ………………………………… *193*

另一首宇航诗 ………………………… *195*

II

十片断 ………………………………… *199*

二十七章 ……………………………… *208*

七十二名 ……………………………… *223*

跋 ……………………………………… *280*

I

诗　　篇

在土地身边我爱的是树和羔羊
满口袋星辰岩石底下的每一派流水
在土地身边
我爱的是土地是它尽头的那片村庄
我等着某个女人她会走来明眸皓齿到我身边
我爱的是她的姿态西风落雁
巨大的冰川她的那颗蓝色心脏
琮琤作响的高大山岭我爱的是
琴弦上的七种音色
生活里的七次失败七头公牛七块沙漠
我爱的是女性和石榴在骆驼身边
我爱的是海和鱼群男人和狮子在芦苇身边
我爱的是白铁房舍芬芳四溢的各季鲜花
一片积雪逃逸一支生命的乐曲

(1981)

语　　言

岩石的双肩舒展,军舰鸟的翅膀开阔
太阳像金甲虫一样嗡嗡作响
偶然飞进了白色厅堂

在更远处,橘红的游艇缓缓靠岸
有如另一个盛夏黄昏

我的眼里,我的指缝间
食盐正闪闪发亮
而脑海尽头有一帆记忆
这时镶着绿边
顶风逆行于走廊幽处

当云层突然四散,鱼群被引向
临海的塔楼
华灯会瞬息燃上所有枝头
照耀你的和我的语言

(1983)

犬　　目

犬目也是夜灯。同一张脸上
十万犬目张开彼城
自丛生的芦苇朝忘川闪烁

你到此岸已经多年
坐于石上,你想象那尾
横躺的船

每夜,天犬都会让华灯满城
十万犬目令你惊心

坐在风中
你周遭的芦苇高于星空

(1984)

骨 灰 匣

他被装进木盒子里
他的无视又得以穿越冬季的墙
他甚至看见了消失的风景

十年以前他就老了
他成了一根腐朽的羽毛
像一间空屋和堆在顶楼锈蚀的铁器
下午的阳光映红江面
他坐在窗下,听一群孩子秋天里喧闹

他甚至能分辨夜的深浅
钟声沙沙作响
他的血管一寸寸爆裂
他知道他成了自己的荒地
蒿草没顶,潮湿的石头又冷又硬

他的左边有一束纸花,前面是三只

塑料橘子。厮守着纤瘦苍白的
烛火,他重又把死还给了不死

(1985)

非　　洲

乞力马扎罗以西,是恐龙的汪洋
始祖鸟的天廷
直升飞机的道路和
黑孩子的沙漠
排满洼地的红色陶罐
它们开裂
骄阳下盛不住正午的清水

石缝里不再有草的气息
不再有阴影和软体动物
暮色之间,老人像科拉琴被饥饿演奏
被兀鹰和夜之巨蜥遗弃
一个久居月下的酋长
双眉低垂
生殖器干瘪像一条简讯

整整三年,卡车如犀牛在尘土里撕咬
他们等一片带雨的天空

(1985)

点　　灯

把灯点到石头里去,让他们看看
海的姿态,让他们看看古代的鱼
也应该让他们看看亮光
一盏高举在山上的灯

灯也该点到江水里去,让他们看看
活着的鱼,让他们看看无声的海
也应该让他们看看落日
一只火鸟从树林腾起

点灯。当我用手去阻挡北风
当我站到了峡谷之间
我想他们会向我围拢
会来看我灯一样的语言

(1985)

雨 中 的 马

黑暗里顺手拿一件乐器。黑暗里稳坐
马的声音自尽头而来

雨中的马

这乐器陈旧,点点闪亮
像马鼻子上的红色雀斑,闪亮
像树的尽头木芙蓉初放
惊起了几只灰知更鸟

雨中的马也注定要奔出我的记忆
像乐器在手
像木芙蓉开放在温馨的夜晚
走廊尽头
我稳坐有如雨下了一天

我稳坐有如花开了一夜
雨中的马

雨中的马也注定要奔出我的记忆
我拿过乐器
顺手奏出了想唱的歌

(1985)

一 江 渔 火

应该去领受入夜的石头。在江里
这石头白
冰冷而沉重

比它更平静,如林中浆果不为人知
当车过铁桥
一江渔火在黑暗里闪现

过道上,那些陌生的脸
那些阴沉的脸。当车过铁桥
一江渔火在黑暗里闪现

此刻
此刻假如有一只鸟
火红的大鸟假如这时候撞进车窗

只能是我。我会喊出它的名字

(1985)

独坐载酒亭。
我们该怎样去读古诗

江面上雾锁孤帆。清晨入寺
红色的大石头潮湿而饱满
像秋染霜叶,风吹花落
像知更鸟停进阴影之手
这些都可能是他的诗句
在宋朝:海落见山石
一个枯水季节,尘昏市楼

而我经历了一夜大雨
红石块上,绿叶像无数垂死的
鱼,被天气浸泡得又肥又鲜
树皮这时候依然粗糙
漂在池上,什么也不像
隔江望过去,中午的载酒亭
依山静坐,我在其中
见江心有一群撕咬的猛禽
翼翅如刀

　　　　我们也得有
刀一样的想法。在载酒亭
他的诗句差不多失效
独坐里,我们也得用
自己的眼睛,看山高月小

(1985)

树

从树的根部进入并生长。有如灯盏
军舰鸟们成熟的喉囊倾斜着入海
海,海峡,鱼和水草的天青色姓名
我们周遭的冷风是光
是秋光和众星敲打树冠的光
树皮粗砺,我们在它覆盖下生长

尔后我们将引导着它。这些树苍老
白,阴影已喑哑,默对着
翅膀狭长的军舰鸟之月。我们引导
树进入海。海,海峡
鱼和水草的天青色姓名
树的周遭有寒冷的光,有秋光和
众星敲打思想的光
树皮粗砺,我们的灯盏在前面照亮

(1985)

进　　来

冬天里写成的一首诗
映在墙上的一个阴影
要么是水,要么
奔马,驰出林带

偶然见到的一块圆石
要么是远古寂静的山
要么月照,溪涧苍白
几种松枝几个黎明
茅草屋顶被雪压垮

同样时刻,你走进来
你走进来,赤裸,僵硬

(1986)

残　年

黑暗里会有人把句子点燃
黑暗并且在大雨之下
会有人去点燃
只言片语,会有人喃喃
低声用诗章安度残年

在青瓦下,在空旷的室内
会有人用灯把意义点燃
会有人惊醒
独自在黑暗里
听风吹雨

　　　独自在窗下
会有人看清点燃的街景
马车驰过,似乎有千年
早已在一片夕照里入海
马车驰过,像字句被点燃
会有人看清死已可期

(1986)

夏 日 之 光

光也是一种生长的植物,被雨浇淋
入夜后开放成
我们的梦境

光也像每一棵芬芳的树,将风收敛
让我们在它的余荫里
成眠

今晚我说的是夏日之光
雨已经平静
窗上有一盆新鲜的石竹

有低声的话语,和几个看完球赛的姑娘
屋宇之下
她们把双手伸进了夏天

她们去抚弄喧响的光,像抚弄枝叶
或者把花朵

安放在枕边

她们的躯体也像是光,润滑而黝黑
在盛夏的寂静里把我们
吸引

(1986)

偶 然 说 起

老式汽车的乌鸦姿态,老式人物的
圆形眼镜
    电文,纸,黄铜钥匙
几本旧书脊背烫金,细小的字句

描绘月亮。铁桥伸展,在更早的年代
我努力猜测水流的方向
江堤之上,我开始了秋天的
另一种触摸:细沙的腰肢
玉簪花之乳,锁眼正被我慢慢打开

我生于荒凉的一九六一。我见过梦境
在水面徐行。我偶然说起
我细察记忆和感情的纹理

        （1986）

秋雨夜过墓地

一个下雨的夜晚
一座蓝色的庭院
一间阴翳的厅堂

汽车的声音缓缓而去
说话的声音
刚刚熄灭的音乐

我经过你们。我坐在
秋天的大客车前座
我的诗跟四周一样沉静

那些脸似乎在黑暗里飘浮
我见过的死者,我听说过的
死者,他们在空旷的尽头会面
哑然失笑,谈论各自奇异的生活

有一天我也将被雨浇淋,穿过庭院

摸索上楼梯。我推门进入厅堂的时候
说话声戛然，音乐凝冻，弗朗茨
卡夫卡伸手过来，想不起是否曾跟我相识

(1986)

北　　方

北方的孤城把黄昏守望
一座白而寂寞的旅馆
一条树影延伸的街
和容纳了九颗月亮的车站
那高飞于大石头之上的雨燕
左侧的灰眼睛能看得更远
在被风拨开的亮光底下
悲恸的大海拍打着陆地

跟鸟儿滑翔的方向相反
有一次慢车经过了我们
车厢里昏暗
没有人，旧式收音机
在播放舞曲
这次车去一个更北的终点
它的笛鸣
让我们要凭窗远眺它多年

我们用更多的时间看海
从夏季的最后一夜
散步进秋天
反复念诵着同一段祝祷
我们有那么多晦暗的想法
为什么就不能有
清澈地刻画出风景的音乐
和沉默之后的几句低语

(1987)

麋　鹿

(写给柏桦)

麋鹿被倾听,被记忆指点
簪满了秋天的山之鬓发
一条大江逶迤而来
抵达下一个追忆的夜

麋鹿于野,在梦想幽处
对应天上的哀怨之星
坐进轮椅的亲王空殿
仅仅有尘封的青铜鹤鸟

特定的词儿提供应用
分配特定的吉兽珍禽
两个诗人用嘴编织
吐纳又一匹季节锦绣

麋鹿远离,星散了首饰

深藏于亲王残废的山中
麋鹿的铃声夜半滴落
两个诗人,倾听和指点

(1989)

陵

石头仍然在风中坚持
示意它们最后的下场
风景已一天天烂下去
这圆,这倾斜
这无所指的排列和高耸
它们抗拒沦陷的时代
一个荒芜和丧失的时代

梦之火焰依然纯净
照临重新返回的日子
火焰鼓励失意的人
高贵种族的秘密传承
他抗拒疾病和别的衰败
种植恶毒的玫瑰
播撒星辰之绝望

风景已一天天烂下去
胸衣打开,裸露出迷宫

凝神的石头,冰凉的石头
每一朵简洁的火焰
每一朵喑哑的火焰
它们接纳秋天的同类
一个在风中坚持的人

(1989)

木　匠

歇息时我坐下来卷烟
院落浮阳,栀子花肥艳
直尺边上光滑着木板
鸟儿争鸣,在上午十点

雇主的堂客客堂里搓澡
水汽弥蒙窗户,腰窝和双奶
生辉。墙头上指针迟延、催促
我的手边,有称心的斧锯

在上午十点,鸟儿聚拢
院落里白胶水散布异香
我那小儿子却在乡下
从谷仓出来,正走进亮光

而我闻到了刺鼻的爽身粉
正当我做好春日的镜架

我那小儿子却在乡下,拿一块
玻璃,映照另一个出浴的人

(1989)

废　　园

风暴到来以前,店铺关门的黄昏
追悔的心情像这座废园
寂寞的女子临窗远眺
她知道那个人
已骑驴进入雨中的剑门

每个夜晚有一次期待。鹰的栖息
瘦小的街景和雷霆之怒
春天的女子在暗影深处
她手边一封信
泛黄了灯光

这时候一匹马突围又突围,有如
羽箭,从驿站向下一个驿站
飞射——它想要击中那
缟素的心——在黄昏过后
被传递的词章已扩散开来

她甚至分辨了最弱的音节,这
废园的耳朵,这废园的相思
她唱和的笔端伴以残酒
她知道那个人在同样的灯下
在倾听同样的风暴灌满

(1989)

病　　中

病中一座花园,香樟高于古柏
忧郁的护士仿佛天鹅
从水到桥,从浓荫到禁药
在午睡的氛围里梦见了飞翔
——那滞留的太阳
已经为八月安排下大雨

一个重要的老人呻吟
惊动指甲鲜红的情人:抚慰
清洗、扣弄、注射
他陈旧的眼眶滚出泪水
抵挡玫瑰和金钱的疼痛

隔开廊道,你身凭长窗
你低俯这医院里酷暑的风景
阴云四合,池鱼们上升
得病的妇女等待着浇淋
正当你视线自花园移开

第一滴雨
落进了第一个死者的掌心

(1990)

旧地(古鸡鸣寺)

暗夜掠过了冬天的风景
僧侣之家。渡江的细雪
树和天空追随着亮光

*

飞鸟的影子残留井底。晨钟孤单
一样的鸡鸣
时间之书一页页散落

*

我重临这空阔久远的旧地
见一个导师
停止了布诵

(1990)

航　　线

（为骆一禾）

大海倾侧
航线平分了南方的太阳
诗歌把容颜朝向记忆
这水分较多的一半，是闪电
钻石，野马和火焰
以及那大鱼，在跳跃中扩展的
暗藏的集市。而深陷的海盆
海盆在旋转中靠一盏塔楼
牵引着船头

*

时光要念诵他的辞章
大海倾侧，当某个正午
偏离自身和更高的准则
方向又被那精神规定

他排演历程于最后的海域
将一派大水
注入冲突的戏剧和银器

*

白昼被洗得铿亮,命令一艘船
甚至行驶在它的反面
大海倾侧,内心的航线贯穿了每个
完整的时日:他想要说出的
远不止这些,但转瞬之间
频繁到来的素馨被裁开
那另外一半
在深厚的墨绿中重复声音初始的细致

*

那么就让他继续歌唱。在共同的航线上
一枚翡翠的头脑正显现
自天廷穷尽处水晶的顶端
广播语言和真理的金叉。大海倾侧
大海倾侧
就让他继续歌唱人类

而造化布置的星辰和鸟群
投射飞翔的十字于海盆
那喑哑的太阳
平分了大海和它的繁华

(1990)

月　　亮

我的月亮荒凉而渺小
我的星期天堆满了书籍
我深陷在诸多不可能之中
并且我想到
时间和欲望的大海虚空
热烈的火焰难以持久

闪耀的夜晚
我怎样把信札传递给黎明
寂寞的字句倒映于镜面
仿佛蝙蝠
在归于大梦的黑暗里犹豫
仿佛旧唱片滑过了灯下朦胧的听力

运水卡车轻快地驰行
钢琴割开春天的禁令
我的日子落下尘土
我为你打开的乐谱第一面

燃烧的马匹流星多眩目

我的花园还没有选定
疯狂的植物混同于乐音
我幻想的景色和无辜的落日
我的月亮荒凉而渺小

闪耀的夜晚,我怎样把信札
传递给黎明
我深陷在失去了光泽的上海
在稀薄的爱情里
看见你一天天衰老的容颜

(1991)

否 定 者

现身在糟糕的城市上空
夏天张开臂膀的你
要鸟瞰多少燃烧的街

一颗头颅低飞过去
两边的大火舔食着阴影
它不可能追上逃跑的思想
但它能证明,一具透明的躯体
来临

  来临,现身
你将以怎样的手指拨弄
你将接纳吗? 当沐恩堂
敲响晨祷的钟,几只鸟早操
绕着尖顶

   你能接纳吗
当一个否定者火中出生

站到暂时还完好的墙上

那否定者,是蜜
和涂上蜜汁的细小的刺

那否定者,是刺带给咽喉的
那份尖锐,尖锐中一点疼痛的血

(1992)

形式主义者爱箫

形式主义者爱箫的长度
对可能的音乐
并不倾心

他欣赏近于黄昏的暗色
他想要看到的
是刘海遮覆眉眼的初学者

手指纤细
在杆上起落

这就仿佛为梦而梦
他骑车到城下
经过那旧楼

猜想有人在暗夜的蝉声里
并没有点灯
让月亮入户

优美的双腿盘上竹床
涨潮的双乳
配合吹奏

(1992)

海神的一夜

这正是他们尽欢的一夜
海神蓝色的裸体被裹在
港口的雾中
在雾中,一艘船驶向月亮
马蹄踏碎了青瓦

正好是这样一夜,海神的马尾
拂掠,一支三叉戟不慎遗失
他们能听到
屋顶上一片汽笛翻滚
肉体要更深地埋进对方

当他们起身,唱着歌
掀开那床不眠的毛毯
雨雾仍装饰黎明的港口
海神,骑着马,想找回泄露他
夜生活无度的钢三叉戟

(1992)

纯 洁 性

一架推土机催开花朵
正当火车上坡
挑衅滂沱大雨的春天

我在你蝴蝶图谱的空白处
书写:纯洁性
我在你文刺着大海的小腹上
书写:纯洁性
色情和盐

当窗外大雨滂沱
一架推土机弯下了腰
我在你失眠的眼睑上
书写:纯洁性
  纯洁性
火车正靠向你素馨的床沿

(1992)

八　月

八月我经过政治琴房,听见有人
反复练习那高昂的一小节

直升飞机投下阴影
它大蜻蜓的上半身
从悬挂着鸟笼的屋檐探出

我已经走远,甚至出了城
我将跃上高一百尺的水泥大坝
我背后的风
仍旧送来高昂的一小节

郁金香双耳,幻想中一只走兽的双耳
鳞光闪闪的鲱鱼的双耳
则已经被弹奏的手指堵塞

八月,我坐到大坝上
能够远眺琴房的屋脊

那直升飞机几乎跟我的双眉
齐平:它是否会骑上
高昂的一小节
——这像是蜻蜓爱干的事

(1992)

为一幅波斯地毯而作

花园从波斯几何学现形
抽象的玫瑰领受了生命
技艺要献给米海拉布①
孔雀开屏的尾翎
圆睁仪式繁多的眼睛

技艺也献给时光和寂静
唯美的大地毯铺展向圣景
技艺要献给米海拉布
无限的金银
翻卷起波浪柔曼的女性

莪默在诗篇里开怀畅饮
炫耀啊一盏灯新月正照临
技艺要献给米海拉布
奢华的宫廷

---

① 米海拉布:清真寺里朝向麦加的那个壁龛,波斯地毯常有半抽象的描绘。

沦陷进图案复沓的幽暝

技艺要献给夜色和孤星
抽象的玫瑰领受了生命
技艺要献给米海拉布
孔雀长鸣的高音
唤醒编织者胸中的爱情

(1994)

在 汽 车 上

汽车拐下高速公路
中午飘来缓慢的雨
因为满含早年的欢乐
旅途中有人涕泗滂沱

简陋的乡村小邮局门前
男孩子头顶半枯的荷叶
一匹马躲进木头屋檐
闪电正击打生锈的信箱

在司机身旁,我几乎入眠
我放跑了那个臆想的女儿
她自海中狂奔向滩头
大腿间装饰着水草和贝壳

我知道我的笔法陈旧
我旅行的目的更为古老
——现在

在汽车上,我看见那座

  我往赴的城
它将从它的午睡里醒来
它冲凉的水龙头
代替这场雨洗去梦想

(1995)

夜　　曲

深红的弦歌不像春风
它不让听者回顾少年情怀的
燕子，或如幻想
用午后风景的轻薄火焰
熔化往昔渐暗的白银
它重于心事，它重于一副
耳朵和头脑——夜曲比夜色
更增添夜行人希望的负担

那也是灵魂弯曲睡意的程度
被失眠的群星照耀并刻画
一支乐队飘浮于天际
又同时沉沦进对称的梦中
一柱喷泉，在菩提花一瓣瓣
打开的寂静里攀上了高音
——华彩的金鱼在下面回游
有如音乐里寄身于奏鸣的

拟喻霓虹,从水的虚无到
光芒的虚无。夜行人抵达了
旅程尽头,终止于极限的
经验堤坝——这堤坝阻挡
一片多么茫然的旧海
……更为茫然的是他的倾听
心事为遗忘叠加心事
涛声上紧了夜曲的发条

而深红的弦歌浮出旧海
它催人欲老,它完结一个人
——它休止的虚无
重于充沛一生的大梦
当夜行的倾听者穿越睡眠
复活般提前从寂静里醒来
新我要让他看见一柱
新的喷泉,喷泉下金鱼

又一次回游。那也是希望
是希望对灵魂的逆行上溯
在不断反复的夜曲中弯曲
相同的时间要再被经历
仿佛昨日一颗星辰

会划开今夜一样的眼睑
深红的弦歌把循环的命运
注入了奔赴死亡的血液

(1995)

忆 甪 直

有个地方我从未去过,在经验之外……
　　　　　　　　——E.E.肯明斯

那地名当初还不能显现
常用字额头长出的独角还
未获确认,被拒于一个
系统新世界,像麒麟
在动物学类属纲目的篱笆外

对月。新世界正为它
迅速编码,让它的房地产
突兀地跳到屏幕去销售
不妨用一把刀代替一撇
像麒麟,在动物园

被只想吃新叶的长颈鹿
替代。周末暂且告别键盘
离开电脑蹩脚的想象

汽车驰出程控关卡,甩脱
大都市难看的水泥花边

轮胎急旋,摩擦乡村羞怯的
敏感带——这短暂得近乎
或许的春天……让你想起
他的诗有几首仿佛乱码
抒写着发霉的田园情怀

而两边的田园风光确切
它的神是一个邋遢女人
浑身散发泥土的芳馨
比花朵柔软,那些胸脯
像一座座坟

　　　　爱情跟死亡
可以互换吗？诗歌疾行中
也许又出错,时间更快
就要泯灭:汽车挺进
深抵那隐秘哦隐秘的世外

河流分叉处波浪在撞击
七十二重拱桥,跨过有待

消费的愁怨,准备着迈往
系统新世界……几家马戏团
预告将会跳新潮脱衣舞

(1996)

下　　降

下降仪式里燕子的试探性
有时也会是盘旋中军舰鸟
渡海的试探性

而一座煤气厂试探着飞临了
所谓晕眩,是轰鸣和意外
勉强的委婉语

在扇形田野它再一次减速
在更加壮丽的扇形海畔
它站稳了脚跟,两只锃亮的

不锈钢巨罐将成为乳房
喂养火焰,就业率
喂养三角洲意识空白的襁褓理想

于是有人从铁烟囱滑落
像一面解除警报的旗

他走出煤气厂

身份中混合着末世子孙和
大经济新生儿灼痛的血
他脑中的视域仍在

半空:燕子和军舰鸟
为即将到来的大雨而欢聚的
蜻蜓,啊蜻蜓

他顺着坡道缓缓向下
走进较为浓郁的
绿色——被迫收缩

乡村在更低处。在那里
失眠,是悲哀和期望
含混的委婉语

(1996)

花　　园

那花园在座头鲸呼吸里
移行。那喷泉,断了根
被一位捕鲸船舵手兼诗人
跟他要感激的白日梦押韵

如今这是他摸不到的光荣
像一个乐音固定于碟片
一本书打开,半自动的字词
繁殖,再繁殖,直到成为

更真实的花园里致幻的癞蛤蟆
去惊醒读者又再施催眠术
——女看官从插图进入传奇
去做他尖叫和呕吐的夫人……

这仿佛小孩的翻线圈游戏
想象来自纸张,而诗艺是观察的
对手,作为交换的语言

既来自写作,又来自另一座

欲望花园。——那花园移行
在座头鲸呼吸和诗人的激情里
半空中喷泉的冠盖高音
有一个几乎被熄灭的根

(1996)

香 樟 树

在孩子们围拢的游戏中间
一棵异变的香樟树眩目

一棵香樟树噩梦的蘑菇云
黄昏里着火,点亮了所有

聚合于城市上空的黑暗
那惨绿的爆闪不仅是信号

不仅是征兆! 啊游戏
继续,欢乐结束了

童谣的蝙蝠翻腾于头顶
孩子们逃散进各自的弄堂

香樟树有一枚异变的灵魂
附体于孩子们各自回家

(1997)

递送之神……

递送之神盔边的绿翅膀,裁剪
邮局,题献给飞翔
它被人戏称为亮光的建筑
在晨星下,在黎明和持续抵达的
黎明,这邮局的轮廓是

迅速扩展的钟声之轮廓
这邮局的形象,是吴淞江岸北
片面的诗意。它肩头的钟楼醒目地
象征——它更绿的倒影
斜刺桥拱下滞涩的浊流

而它的阴郁偏于西侧,那里
旧物质,还没有全部从昨夜褪尽
一个清洁工挥舞扫帚
一个送奶人回味弄堂口
烟纸店女儿的水蜜桃屁股

——黑橡皮围裙渐渐被照亮
邮局之光却仍然遮挡住
完整的晦暗。石库门。老闸桥
略早或略远处棚户区涨潮
陡坡上邮差的自行车俯冲

（1997）

外　　滩

花园变迁。斑斓的虎皮被人造草
替换。它有如一座移动码头
别过看惯了江流的脸
水泥是想象的石头；而石头以植物自命
从马路一侧，它漂离堤坝到达另一侧

不变的或许是外白渡桥
是铁桥下那道分界水线
鸥鸟在边境拍打翅膀，想要弄清
这浑浊的阴影是来自吴淞口初升的
太阳，还是来自可能的鱼腹

城市三角洲迅速泛白
真正的石头长成了纪念塔。塔前
喷泉边，青铜塑像的四副面容
朝着四个确定的方向，罗盘在上空
像不明飞行物指示每一个方向之晕眩

于是一记钟点敲响。水光倒映
云霓聚合到海关金顶
从桥上下来的双层大巴士
避开瞬间夺目的暗夜
在银行大厦的玻璃光芒里缓缓刹住车

(1997)

时 代 广 场

细雨而且阵雨,而且在
锃亮的玻璃钢夏日
强光里似乎
真的有一条时间裂缝

不过那不碍事。那渗漏
未阻止一座桥冒险一跃
从旧城区斑斓的
历史时代,奋力落向正午

新岸,到一条直抵
传奇时代的滨海大道
玻璃钢女神的燕式发型
被一队翅膀依次拂掠

雨已经化入造景喷泉
军舰鸟学会了倾斜着飞翔
朝下,再朝下,抛物线绕不过

依然锃亮的玻璃钢黄昏

甚至夜晚也保持锃亮
晦暗是偶尔的时间裂缝
是时间裂缝里稍稍渗漏的
一丝厌倦,一丝微风

不足以清醒一个一跃
入海的猎艳者。他的对象是
锃亮的反面,短暂的雨,黝黑的
背部,有一横晒不到的娇人

白迹,像时间裂缝的肉体形态
或干脆称之为肉体时态
她差点被吹乱的发型之燕翼
几乎拂掠了历史和传奇

(1998)

低　　岸

黑河黑到了顶点。罗盘迟疑中上升
被夜色继承的锥体暮星像一个
导航员,纠正指针的霓虹灯偏向
——它光芒锐利的语言又借助风
刺伤堤坝上阅读的瞳仁

书页翻过了缓慢的幽冥,现在正展示
沿河街景过量的那一章
从高于海拔和坝下街巷的涨潮水平面
从更高处:四川路桥巅的弧光灯晕圈
——城市的措词和建筑物滑落,堆向

两岸——因眼睛的迷惑而纷繁、神经质
有如缠绕的欧化句式,复杂的语法
沦陷了表达。在错乱中,一艘运粪船
驶出桥拱,它逼开的寂静和倒影水流
将席卷喧哗和一座炼狱朝河心回涌

观望则由于厌倦,更厌倦:观望即颓废
视野在沥青坡道上倾斜,或者越过
渐凉的栏杆。而在栏杆和坡道尽头
仓库的教堂门廊之下,行人伫立,点烟
深吸,支气管呛进了黑河忧郁物

(1998)

一次延误

起飞能否让人心安
换上了提升意愿的引擎
对对翼翅依次掠过
城市边缘,故障涡轮机
被弃,渐暗,会有锈迹的
观念余晖,沉沦于忘却

俯瞰的欲望没怎么改变
机舱又打开,已经是
另一座余晖之城
标志性铜像的巨手
宽肩上,观念的锈迹
更绿,晓以历史大意

臆造的镜头就像盐粒
为摄取更多而全部溶化
滑下救生梯,你,观光客
踏上的依然同一块旧地

取景框确认你并未忘却
阅读想象的想象回忆录

雀斑空姐满脸星空
要让你重返航空故事里
全部的虚空:停机坪深处
一双盲目升上月表
那巨手,那宽肩,那
障眼法后面聚焦的奇遇

迷乱香樟树喷泉的视野
众鸟在喧哗,将一种循环
映上了垂挂的玻璃瀑布
于是你重新阅读渐暗
故障涡轮机永不修复
起飞能否更让人心安

(1998)

译 经 人

梦之军队乘风而来,侵入睡眠的
黑暗领地。黄铜号角辽远地
破晓,唤醒朝露、武僧团
村委招待所波斯相貌的
服务小姐……那号角又命令
晨风急刹车,闪跌大梦
在超出了睡眠的塔林小广场

另一支军队也集合起来了。引擎
轰鸣,驱动大客车奔赴——去
占领。指挥员导游的三角旗摇曳
被半导体喇叭变形为魔镜的
一副嗓子,映照中翻新了旧地
旧山门、甘露台上曾遭火刑的
两棵旧柏树、少室山下

依旧的白昼……跟梦和
反复的日常不一样,译经人枯坐

在晦暗的廊下,在一记钟声里
透过纸张,抵达了圣言背后的
三摩地。然而凭借或许的意愿
译经人回过神,黄昏已重临
——卷帙中灯盏重新被点亮

这时候游客们撤退至半途
愈加沉闷的黑暗车厢里,游客们酣睡
肉身因汽车朝不夜城急拐而
全体倾斜,像所谓大趋势,像
过时的时尚……他们那近乎
无梦的梦中,不会有译经人
垂死的脸,灯光里隐约的空幻表情

译经人空幻的形象也不属于
梦想和现实。当一支黄铜号角又吹响
收拾了时间和时间的凡俗,译经人也许
从廊下到星下,踽踽独行于细小的
林间路。他会在某座砖塔下歇息
一无所思,不在乎他是否
已经是尘土或吹来的一阵风

(2000)

雨

(回赠财部鸟子,她有个"雨女"的雅号)

乡村教师正要求孩子们辨认当地的
植物和石头,雨落了下来
被唤作银杏的千年古树遮挡起那堂课
但雨还是落向了山中、幽深处
在言辞之外

*

言辞却推进。当我企图展读一封信
雨停歇了片刻,就像你
刚想要署名,收住笔,你名字偶然带来的
雷阵雨,会因为幻想的闪电而必然
从东京移向海那边一座空寂的城

*

此时,如我曾读到并讽仿的诗句
在黄昏的寺院里我注视着雨
我离开衰败的洛阳不太远
我离开胡僧菩提达摩
有一千五百年

*

雨提供书写成雨的诗篇。欲跟它
相衬的纤弱的言辞,会纠缠又一个
乌有的人;会让我用记忆想象那个人
他以其不存在摆脱言辞,并且不属于
变异循环里停歇而后又到来的雨

(2000)

过　　海

（回赠张枣）

1

到时候你会说
虚空缓慢。正当风
快捷。渺茫指引船长和
螺旋桨
　　　　一个人看天
半天不吭声，仿佛岑寂
闪耀着岑寂
虚空中海怪也跳动一颗心

2

在岸和岛屿间
偏头痛发作像夜鸟覆巢

星空弧形滑向另一面。你
忍受……现身于跳舞场
下决心死在
音乐摇摆里。只不过
骤然,你梦见你过海
晕眩里仿佛揽楚腰狂奔

3

星图的海怪孩儿脸抽泣
海里被度尽,航程未度尽
剩下的波澜间
那黎明信天翁拂掠铁船
那虚空,被忽略,被一支烟
打发。你假设你迎面错过了
康拉德,返回卧舱,思量
怎么写,并没有又去点燃一支烟

4

并没有又回溯一颗夜海的
黑暗之心。打开舷窗
你眺望过去——你血液的

倾向性,已经被疾风拽往美人鱼
然而首先,你看见描述
词和词烧制的玻璃海闪耀
       岑寂
不见了,声声汽笛没收了岑寂

5

你看见你就要跌入
镜花缘,下决心死在
最为虚空的人间现实。你
回忆……正当航程也已经度尽
康拉德抱怨说
缓慢也没意思。从卧舱出来
灵魂更渺茫,因为……海怪
只有海怪被留在了那个
书写的位置上。(海怪
喜滋滋,变形,做
诗人)——而诗人擦好枪
一心去猎艳,去找回
仅属于时间的沙漏新娘
完成被征服的又一次胜利

尽管,实际上,实际上如梦
航程度尽了海没有度尽

(2000)

跨 世 纪

寂静大旅馆——格局像一座弃用的
宫殿,老式电梯
卡住过旧时代肿痛的咽喉

梦见红色的蒸汽机头时
旅客正完善抵达的礼仪。旅客
推开窗,紧贴窗玻璃迎候的
虚幻,有晨风探访鸟巢的表情
他处身于空旷——空旷和饥饿
顺便也完善了苏醒的礼仪

地下隧道再一次向他推荐新世界
旅客从寂静融入正午,听到背后
老式电梯轰隆隆掉进深深的

幽怨。而他所见的不可名状
强光要剪除一切黑暗、一切阴影
一切暧昧里往昔管辖的怪癖和悔恨

如此绝对里,他是否依然追随
夜女郎？旅客企图发现一棵树
找回属于昨天的轻唤——"爱

留下……其余无价值"。旅客穿越
未来火车站,他参观陈腐的
骷髅专列:蒸汽机头朽烂在红色里

记忆如同绳索,一下子
松开旅客。凹陷无名间一颗现在
剧烈地跳动。他挣脱自我去融入
自由？也许反而受绑于遗忘？旅客
回头看:寂静大旅馆倒挂在天际
——强光甚至也剪除了此刻

(2001)

窗 龛

现在只不过有一个窗龛
孤悬于假设的孔雀蓝天际
张嘴去衔住空无的楼头还难以
想象——还显露不了
建筑师骇人的风格之虎豹

但已经能推测:你透过窗龛
看见自己,笨拙地骑在
翼指龙背上,你企图冲锋般
隐没进映现大湖的玻璃镜?也许
只不过,你刚好坐到梳妆台边上
颈窝里蜷曲着猫形睡意

那么又一次透过窗龛
你能够看见一堆锦绣,内衣裤
凌乱,一头母狮无聊地偃仰
如果幽深处门扉正掀动
显露更加幽深的后花园,你就能

预料,你就能虚拟:你怎样
从一座鱼形池塘的肤浅反光里
猜出最为幽深的映像———个
窗龛如一个倒影,它的乌有
被孔雀蓝天际的不存在衬托
像幻想回忆录,正在被幻想

语言跟世界的较量不过是
跟自己较量——窗龛的超现实
现在也已经是你的现实。黄昏天
到来,移走下午茶。一群蝙蝠
返回梳妆镜晦暗的照耀。而

你,求证:建筑师野外作业的
身影,会拉长凝视的落日眼光
你是否看见你俯瞰着自己
——不再透过,但持久地探出
窗龛以外是词的蛮荒,
夜之狼群,混同白日梦

(2001)

小　快　板

中午的倦慵止于湖绿……司机
继续——司机听说过一个
统辖速度的神。火车正追逐
追逐着去咬开夏之咽喉的
金钱豹闪电,像缓慢射出
但必须准点抵达的麻醉弹

然而,红——红是司机
午时的热梦,迷幻间驶往
必要的暗蓝。他裹紧制服的
记忆被剪开:风,吹过来
铁轮飞旋摩擦钢轨,却偏偏从
高高挑出的斜拉桥越向了
轮船在江心的一万吨迟疑

幸亏,他刹车。红梦正打算
掠过桅杆顶端的那一刻
惊醒却把他高悬在事故

危难的半空……半空中火车
击中了化身虚无的云,让
司机去见识——云深处仿佛

确切的乌有。那么,这当口
速度之神不再盲目——速度之
神,从更高处俯瞰更完整的
现场——火车才是那金钱豹闪电
而造成轰然倾覆的麻醉弹
几乎是湖绿的……怪不得红梦
——情急间司机甩脱了它

(2001)

途中的牌戏

(回赠臧棣)

不知道能否从双层列车里找到那
借喻。他们在潮湿的站台逶迤
像惊羡博物馆禽类收藏的
好奇参观者,不安地注目
软席车厢里旅行家无聊

但一声响笛催他们上路
一群时限鸟在他们咽喉里
啁啾"开车啦"。稍稍犹豫后
他们也成为乘客去旅行。他们
读晚报,刻意在上层硬座里对坐

用不了多久,一个意志就招呼着
来到了他们中间;一副扑克
替换了闲览。他们被聚拢进
同一种玩法,却又分散在

各自摸来的点数间专注

只是在洗牌和懊悔甩错主牌的
当口,他们才扭过脸探看
车窗外:细雨之猫一变
世界翻作浪,咆哮淋漓如
老虎般滂沱……而一连到来的

几组同花顺,却足以——把
想象钢轨上滑翔的电鳗
控制于水一样溃散的败局,让速度
减缓,不会甚至让终点也错过
尽管,实际上,他们循环在

循环游戏里……就这样火车
抵达下一站,有人嚷嚷着"下去
瞅一眼",好像换手气
再试着摸来全新的好牌
他们指望着,旅行家有一副

小怪模样,打火,点上烟
阔步踱向裹紧塑料雨披的黑桃 A
不碍事的旁观者照样看门道

在站台上潮湿地逶迤,不插嘴
等一声鸣唪,再启程……升一级

(2001)

眉 间 尺

煤气燃烧,蹿出了炉膛。在空气
波澜下,蓝火焰潜艇深陷于
危机,要全力升上复仇的洋面
高压骤减,肺几乎充血
眉间尺又带来决心的旋风

眉间尺又带来他的茫然
如同刚刚铸就的宝剑,还不知怎样
应和风嘶鸣,还不知怎样
在暗于海底的月黑之夜
去成为刺客、鱼雷和闪电

一位魔术师命运般降临
从袖中摸出也许曾经是幻灭的
手镯——这手镯也即
另一朵蓝火焰,也即另一种危机和
恨,另一番燃烧,把青涩的

眉间尺,引向了更高领域的冲突
彩排的自杀性飞抵虚空
有如语言蜕化为诗行,慨然献出了
意义的头颅。那手镯再一变
摇身为悲歌——刚好在悲歌里

魔术师继续眉间尺喜剧:以一枚
首级的恐怖主义,惊吓乐于受
惊吓的观众——头颅被投入
沸釜中跳舞,它吐露的舌尖
把绝望舔卷……唾向了无辜

如此魔术师长啸一声,完成般
收起仇恨和煤气炉……然而
一错眼,眉间尺跃出了表演的限度
——仿佛并没有罢休其命运
他张嘴,去咬紧,幻灭的手镯

(2001)

何　夕

那无形也可以算一个姿势
放慢的胡旋舞,在空气里不过是
女明星挥挥手打发了残烟
天地间新精神替换旧腰肢

如今甚至已失传了想象
朱雀折拢翅膀,像一把滚烫的
壶,而枯坐茶楼上渐渐
温润的游客半探身,用一嘴
茗香,吐出不再有回味的浮世

"阮玲玉？NO……张曼玉!"
街对面一湖水稍稍倾斜
要把绿意,灌满打火机点亮
那一瞬。就在那一瞬,风漫卷

仅属于电影的闪回,把七世纪
长安,画报般哗啦啦乱翻了一遍

在其中挣扎又飘摇的一朵
被剪辑之刀半张着叼过来
拼贴一点点淡出的映像

意愿余火则残留至今,依然
闪呀闪,吹进每个人膨胀的肺
——再次吐出的再归于无形
再在半空中,以迷蒙之眼

烟视转换于角色和本色间
形神之媚行。这也不过是光影
媚行,是放慢的胡旋舞最终休止于
时态疑问里:"今夕,何夕?"
……女明星挥挥手又招引朱雀

(2001)

旅 行 小 说

勘探者来信说不过是冰
不过是冰——让情境在晨昏间
滑行了将近八万里路程
……途中买到过上好的烧酒
奔忙的向导犬乳头曾变硬
有一艘破冰船,混同于故事里
凝固的细浪……纸张却构成
被太阳裁剪得整齐的白昼
折叠一道、再折叠一道:宇宙之
光,几乎跟言辞光芒相重合

——等到它如炫耀展现在
现在:终于要冰一般融化的
勘探者高举走马灯,朝往昔
尽头又滑过去七十年加一个
残冬。透出旧辞句缝隙的闪烁
闪烁着闪烁着,把历险如
幻灯片,翻打到塔楼

渐暗的墙上。读信人诞生于
记忆的晚境,他借助放大镜
埋首的专注里,仍有着勘探者

也许已苍老的一丝惊讶、一丝
恐慌和一丝满足:因为龙
龙吟,越过被零度以下的
描述传奇的魔山锋刃,慢风般
又踱尽更朝着黑夜弯曲的穹隆
从半空下探这阅读的天窗
它是否看到了当初未将它
猎获的男主角,此刻正拆开
另一封寄自早年的信?正轻声
咕哝:为何……只是冰

(2001)

梳 妆 镜

在古玩店
　　　　在古玩店
手摇唱机演绎奈何天
镂花窗框里,杜丽娘隐约
像印度香弥散,像春宫
褪色,屏风下幽媾

滞销音乐被恋旧的耳朵
消费了又一趟;老货
黯然,却终于
在偏僻小镇的乌木柜台里
梦见了世界中心之色情

"那不过是时光舞曲正
倒转……"是时光舞曲
不慎打碎了变奏之镜
鸡翅木匣,却自动弹出
梳妆镜一面

梳妆镜一面

映照三生石异形易容
把世纪翻作数码新世纪
盗版柳梦梅玩真些儿个
从依稀影像间,辨不清
自己是怎样的游魂

辨不清此刻是否
当年——
   在古玩店
在古玩店:胶木唱片
换一副嘴脸;梳妆镜一面
映照错拂弦回看的青眼

(2001)

咏叹前的叙述调

码头高出岸线一小截
推单车去赶渡船的邮递员
要稍稍拎一下生锈的把手
这表明春江听从了季节律令
浊流上涨,繁忙像汽笛
噪音解散着烟尘那滚滚的
黑制服编队。接着是轻微却已经
明显夸大的坡度,一直到江心
好让单车性急如大猎犬
向下疾冲……邮递员跟上
一路小跑,他的形象
十年后又一次没入船舱油污的
晦暗,已变幻成一个
黝黑的支局长,跨坐着摩托
如骑上了常遭罚款的命运虎
过江是他的一次暂歇。渡轮贴上
对面码头橡皮胎护沿时一阵
轻颤。他赶紧又启动

他刚刚眯缝眼看到的那叶
柔软的船帆,也赶紧化作他塑料
头盔上摇摆的翅膀,追随疾驰
犹豫地掀动……景象在
加速度后面合拢,立即就成了
过去笼罩的石头废墟,而迎面
更朝他扑来的道路,则是他
十年前投递的挂号预约函

(2001)

礼　拜　五

被召唤的……是那个召唤者。他胸中
一片月将他照耀；他想象的海域间
气泡般升上水面的博物馆缩微了宇宙
博物馆显现的岛屿乌托邦敞开
码头，要迎候一艘锈铁船抵达

罗盘却指向另一个所在。他的心偏离
他进展到时间半途的旅行上演了
滑稽戏：仿佛军舰鸟，有如被风
从前甲板拥抱上尾舷高杆的一张
旧报纸，他的身体在速度中变幻

他的意愿——飞翔中倾侧
划出的弧线企图围拢别样的中心
别样的标志物，别样的博物馆
和一个别样的主角……哦现实
他的船几乎在转向中覆没，他的自我

被抛上了浅滩——被时代风格的
低劣诗作之塞壬猎获,而又被舍弃
在一座反面的乌托邦岛屿。这样他努力
去做鲁滨逊,去点燃篝火、拉扯大旗
去词语乱石堆砌的堡垒召唤/被召唤

那竭力呼喊中借来的句子是新的
滑稽戏;那回声就像被照耀的一片月
又将他照耀——要让他看清:尽管他
从不是食人生蕃,却仍然仅仅

     仅仅是礼拜五

(2001)

喜 歌 剧

翻卷的舌头里有一朵
小小的味蕾在鞠躬,有两朵
三朵和更多味蕾——曲体转向
扭伤了腰肢,像舞场老手们腾云驾雾
自一种节拍可疑的尖酸
去回望连绵的火焰山红汤

……渐远的老辣
沿大地弧形滑到悠渺那边的
       烹饪
他扫过细嚼慢咽的目光又扫过饕餮
伸出象牙箸,小心把半条鱼
钓离蒸汽笼罩的暖锅

很可能他反而挟走了月亮。尽管
实际上,月亮正背向鱼和鱼刺
隐入厨房万千重油污。一小点
追光,映照一小碗水晶果冻……银匙

旋呀旋,意欲从圆润的
凝脂波尔卡,剜出一小口

腻滑扭捏的绵甜舞伴吗？这
粉面狐腰的夜女郎暗示:"假如你
记不住此刻滋味……""那么
怎么样？"——他刚想要舔破
面前的月亮,一刹时辛苦

　　　　　　　蜇碎了舌尖

(2001)

幽　　香

暗藏在空气的抽屉里抽泣
一股幽香像一股凤钗
脱落了几粒珊瑚绿泪光
它曾经把缠绕如青丝的一嗅
簪为盘龙髻,让所谓伊人
获得了风靡一时的侧影

然而来不及多一番打量
光阴就解散了急坠向颓废的
高螺旋发型。等到你回顾
——折腰、俯首:几缕
枯发残留,是不是依然
以幽香的方式牵挂着

幽香? 逝水却换一种方式倒灌
那仿佛已蒸发的容颜映像
随细雨潜入夜——看不见的
凤钗也许生了锈,也许

免不了,被想象的孤灯
照亮……去想象

所谓

伊人并非"就是"也不是
"似乎",但似乎就是
诱人的气息刻意被做旧
你更甚于想象的幻想之鼻
深埋进往昔,你呼吸的记忆

近乎技艺,以回味的必要性
凭空去捏造又像幽香的
或许的忧伤——这固然由于夜
雨在暂歇处抽泣着不存在
这其实还由于:不存在的
抽屉里暗藏着过去时

(2001)

下 扬 州

发明摘星辰天梯的那个人
也相应去发明
包藏起迢迢河汉的天幕
他站在杂技场最高的天桥上
光着膀子,仿佛云中君
为下界繁华里一丝
寂静而低眉……神伤

他要令观望不止于观望
借一点灵光,他发明丹顶鹤
披上猎猎的防雨大斗篷,他
出场——然而他栖落处
已不是扬州

    然而他栖落处
一支军队正演习反恐怖
把全城的每一条僻静小弄堂
都当作下水道疏通又

疏通……却不料假想敌
竟来自空中……那个人
迫降,在旧世界唯一的

魔术舞台上——他声称有能力
发明仇恨,至少他可以
立即抖擞那被称作悲愤的
娱乐和激情。不过,一转脸
他已经隐没在看客们中间

不过一转脸他已经浮现
像有着七十二变相的政治家
顺带着发明了落日……忧愁
那个人收敛防雨大斗篷
却露出献媚的粉红色肚兜
——新现实将被他巧妙地刺绣
并且他栖落处,已不是扬州

(2001)

导　游　图

余晖佩戴着星形标记像一个错误。像一个错误吗？
还没有尽兴的爬山新手们稍歇在四望峰，
听下面云动,滂沱一场雨。
他们要去的下一个景点更在天边外。

*

大雨让你和他只能在山前小旅馆玩牌。
门窗敞开着,没了生意的发廊姐妹时时来探看。
雾汽群羊做得更出色——从桑拿浴室里
涌进走廊,挤上双人床；
雷霆镇压咩咩的叫唤声。

*

借着闪电,写作者一瞥。
借着闪电我记起履历,更多旅程里我被运送着,读
　别的游记：

借着闪电有人从裹挟里突出包围圈,其中一个说
"我已经湿了……"

*

攀登者决定把汗水流尽,
到金顶再把自己吹干或晒干。
他们后面的滑竿里窝着旧样板电影、乌云和乳房:
匪营长的二姨太发髻盘旋、盘旋向高海拔;
臭苦力肿肩,朝旗袍衩口里回望落日沦陷进地峡。

*

这不是诗。是累活儿。
石匠花费了多少轮回筑成盘山梯?
新来者攀上新三岔口,触摸深凿进凹陷鹰眼和
夜之晕圈的青石路标:
抵达乐园还需花费多少轮回呢?

*

但每一次回看像一座小乐园。
如果你打算把视线捆绑在叫不出名字的归鸟脚

杆上

回看得更远,直至幽深……小乐园也许会翻转为
　　地狱。

*

一天的等待就已经漫长得让人受不了。

新雨消灭旧雨,新希望成为记忆中振翅欲飞的旧
　　幻想。

傍晚你和他终于厌倦了输赢、反复……

无聊牌戏幸好还可以变化小说:

——他打开台灯……你读导游图。

(2002)

幽隐街的玉树后庭花

（3月20日，也许）

从来没有满足过，没有得到过
哪怕是一个欢乐的夜晚，或者一个
绚烂的早晨。

————卡瓦菲斯《欲望》

……反应不至于更加化学了——不至于
更加
　　　像一枚滴酒入喉的胆瓶
把夜生活快递给夜色里薄醉的玩味之心
循环系统为循环循环着，其中有一条
横街叫幽隐，让你以为它联通奇境
——能把你带往下一轮循环，下一支舞曲
能为你从它拱廊反复的弧形变奏里
变出你要的吹弹夜女郎……
　　　　　　　　　但是你没摸准
从减肥直至瘦身显露的肋骨琴键里

跳荡的那个键
　　　　　呜咽的那个键
被暧昧地揿下、机关旋钮般打开众妙之门的
那个键:她润滑得让你一下子抱紧了满怀闪烁
她的多姿却抽身到一边,用媚眼儿瞅你
能够从满怀里掏出多少豪兴和小费、柔情和
冷血、玻璃耀眼的曲颈葫芦里
浮出金酒的刁钻和魔幻
　　　　　　　　——她腰际的迷魂调
晃悠调音师;她兑进过量汗液的龙涎香
令自我晕浪
　　　　令胸襟间巡航的鸣唱之舰
真像是浮泛于巨澜大波,而不是在一家
实验室改造的夜总会里,在反应失措的
欲望实验后休止、去停靠……于是你不知道
该不该攀上音高桅顶,去拂掠和撷折,取悦
即兴——那还算不上一种激情吗?如果你
泡她,就更不是激情
　　　　　　实际上你被她泡进了
新配方,氛围大师的茉莉、罗勒、菖蒲加风信子
合成又一款空气之痉挛
　　　　　　"那才叫飘渺呢
……纯粹靠化学!"谁又能判断,这不是一句

玄奥的广告诗？这不是手机在轻叹或
挖苦？然而她继续发她的短信——"也许
明天。也许——永不。"歌喉揭晓最后通牒
"反正不超过某个此夜！"——反正在循环里
谁不想寻欢？谁得以寻欢？谁的反应将

         更加化学呢
门捷列夫曾经走错过一间实验室，曾经因
目击
  吧台上横陈的死之艳丽
猝然晕厥了……眼前一抹黑向着繁星鞠躬
那一瞬，真理从迷醉的音乐里揭幕
炫耀元素的周期性金链。物质的白颈项
佩戴着金链——"这金链会把我
装扮确切的狐媚表达为
疑虑和猜测、试探和掂量……"

        你假意趸摸她
胸饰的时候，夜女郎起伏的欲壑毕现
看上去多么像
  横街幽隐处显露的
幽隐——"再也不必用辞藻隆乳……卷起
两堆雪。"……纠缠接近了夜半消融
摩登按摩灯，多多关照着夜女郎奶帮上
仿佛标志的那粒朱砂痣

"噢哟那的确标致之至！"那的确刚好是
　频频迷途于波峰浪谷的海军陆战队欲望的
　　　　　　　　　　　　　　　　星
你要以玩味抚慰深究的——却仿佛心！几乎比
玩味更值得玩味
　　　　　　几乎比化学更加化学了
比门捷列夫溢出其实验性,对象棋残局的
红蓝之变,更成为酒吧剧场里反战的
戏中戏、烧杯涓滴的意愿试剂、洗钱魔术里
微妙的轮盘赌……甚或一记钟震颤幽隐街
那塔楼暗自赤立童然,将消费后残余的音屑
收回,如垃圾筒回收空瓶、易拉罐……
　　　　　　　　　　　退潮之血
再也不起浪,直到她两腿间开合的渊薮
涌现又一座盗版乐园
　　　　　　……全靠着化学,靠
职业技巧的海市蜃楼,夜女郎翻过身
以仿佛纯熟的纯属无意,显露不必再隐瞒的
沙场——"每次我都要将它生下
每次我都唤它作黎明。"——每次黎明
都叼着保险套顶端涨满的乳头顺势
被拽出——黎明咬破这
　　　　　化学制品

一架歼击机干掉残月,好让你如胆瓶
把黏稠浇灌进
　　　　　　深喉里豁然的白昼……哦白昼
——吹弹夜女郎白白奏弄了,很可能只不过
凑弄了一番。因为,电视台新闻打开了模仿现实的
现实——主持人念错否?"巴格达人民
绝不被白揍!"并且当夜女郎收下人民币争辩说
"未必!……败走不刚好是
战争最不化学的方程式?"——那循环如
　　　　　　　　　　　　世界
再次裸呈寻欢的非礼性。谁又不知道它的
非理性
　　它全球化的地域色情里永恒的地狱
却已经不再是实验室改造的夜总会政治
如一线阳光,足以让夜女郎面目全非
她从化妆间返回那一刻,空气中馥郁的
春宫之香失守于硝烟——报道和抗议的联军
穿透幽隐街直取了中午的瞬间公正
"斥那伊讲伊戆伊讲!"一记钟
　　　　　　　　又敲响
你的反应——令它不至于更加化学了……

　　　　　　　　(2003)

应 邀 参 观

一个影像是一项邀请。
　　　　　　——苏珊·桑塔格

于是就搁下奇思异想着光阴的相册,
跟他们一起去看个究竟。
　　　　　　　　那晚上下雪,
桃花源被冰封藏进水晶罩……
斜穿过快速隐没的林间路,
一辆马车如他们的忘怀,并没有
驰来,或小驻于记忆的想象之境;
它铃铎的微颤却还是借助风,
依稀拂弄了YADDO① 几乎刻意的寂静。
幻听着旅人途中的低吟,白色之下褐色的
三月,被一个旋律轻轻搅动着——
"还要赶多少路才能够安歇?"他们
不搭腔。华灯从幽深处打开新境界。
仙子颜如玉,因为隐身于老式爱情吗?

---

① YADDO:美国纽约州小城 Saratoga Springs 的一个艺术村。

客厅几经婉转后展现。她透过镂花镜
将他们摄入——她安排他们
啜饮闪烁于盆栽阔叶的室内乐甘露。
酷酊为他们摇曳仿童话。每一重门户
则可以仅靠着寻常言辞反复去推敲。
数幅山海图勾勒乌托邦,卷帙间瑶池
掩映漫游者渡越的意愿和
濯足之探——那口大浴缸更值得在意,
它归结得恰好,在走廊尽头,
提醒世界无瑕地搪瓷化。谁要是
撩开它二十四小时热水蒸腾的雾气帷幕,
谁就会看到,绮窗外雪的戏剧
净化着,七个小矮人陶醉,更醉,
以他们的茫然追随漫卷的超现实公主……
然而不打算继续下去了——自他们
过多的惊羡里转身,到黯然处
摆弄错放在大理石裸女和
青铜鹤鸟之间的电视机。对于仿童话,
它像个童话;对于每一间提供好梦的
理想之屋,它是否现实?荧屏被
雪花干扰了片刻,显露出掀掉披巾的脸
和揭去防毒面具的脸……花容
转阴,——水晶罩里的颜如玉仙子

又待如何呢?
　　　　于是就搁下
　　　奇思异想着光阴的相册。
刘子骥安歇,"……遂无问津者"!

　　　　　　　　　　（2003）

梦不属于个人

七块门板就像他度过的任何七天。
他纯粹的一生,在每个七天里循环周行,
直到轮回将他变成了另外的他,
继续在月升时上紧门板,月落时卸下,
打开,让摆放烟纸和松香的木柜台,
正对不变的青石栈桥。栈桥外水雾
弥漫浩淼的世界尽头。

      他总是在柜台后
遐想到瞌睡,被苍蝇盘旋的核桃脑瓜里
盘旋着蝴蝶梦,招引追逐鳞翅目幽灵的
标本采集人——洲际旅行者不期而来,
胸前一架足以摄魂的数码相机,
代替了腰间捕风的尼龙网。镜头,捉影,
却刚好把悠久的现实之蛹

      幻化作翩然。
这让他迷惑——自己是否醒来过一次?

他的涣散,则再次以猜测聚焦疑问,
打听世界中心的消息。"那不过是一间
普通书房"(镜头被旅行者缩回相机,
如同梦出窍,试探了星空又重返黑暗)
"一盏白炽灯,收敛语言和

        真理之光。

在那里月升,接着月落,——典籍
因为被反复翻阅,获得了循环周行的
结构……"他听见他正在喃喃自语,
七块门板和他的木柜台,遥相对应世界之
空:"这设定于书房里摊开的典籍,其中
诗行——全都在一次瞌睡里写就……"

        (2003)

全 装 修

诗是这首诗的主题
　　——史蒂文斯《弹蓝吉他的人》

1

来自月全食之夜的沙漠
那个色目人驱策忽必烈
一匹为征服加速的追风马

他的头盔显然更急切
顶一篷红缨,要超越马头
他的脊椎几乎弯成弓

被要求斜对着傍晚的水景
上足了釉彩的锁子甲闪烁
提醒记忆,他曾经穿越了

浅睡和深困间反复映照的

火焰山之梦,他当胸涂抹
水银的护心镜,把落日之光

折射,如箭镞,从镶嵌在
卫生间墙上这片瓷砖的
装饰图案里,弹出舌尖去舔

去舔破——客厅里那个人
却正以更为夸张的霓虹腰身
将脑袋顶入液晶显示屏

2

一个逊于现实之魔幻的
魔幻世界是他的现实
来自月全食之夜的沙漠

在**帝国时代**①里,他的赤裸
被几番无眠黄袍加身
茅庐变城邦……一枚银币

往返于海盗和温州炒房团

---

① 帝国时代:一款电脑游戏。

之间的无间道——重又落入他
抽离内裤,赶紧去一掬虚无的

手中之时,那个人已经用
追风马忽必烈装潢了赤裸
锁子甲闪烁,高挂于卫生间

浴缸的弧度则顺从着腰身
而一抹霓虹斜跨人工湖
没于灯海,令夜色成

夜色笼罩小区
　　　　　　令一番心血
不会以毛坯的名义挂牌

3

这情形相当于一首翻译诗
遛着小狗忽必烈的那个人
将一头短发染成了金色

他如何能设想他被设想着
脑袋退出了电脑虚拟的

包月制现实,并且用赤裸投身

超现实,镶嵌进卫生间墙上
这片瓷砖画装修的悠远
披上浴袍像披上锁子甲,凭窗

望星空,构思又一种
魔幻记忆——他曾经穿越了
浅睡和深困间反复映照的

火焰山之梦?或许他只不过
自小区水景和不锈钢假山
择路返回。这情形相当于一首

翻译诗:它来自沙漠的
月全食之夜,不免对自己说
——天呐,我这是在哪儿

(2004)

奈　良

往高松冢的路上如梦
樱花树下时时遇见花鹿
歇脚在一边翻看杂志克劳斯如是说

　　世界末日之际
　　我愿正在隐居

坐到法隆寺殿的黄昏瞌睡唯美之迷醉
又有铁铃铛叮叮
送来想象的斑鸠

　　走马观花一过
　　即为葬身之地

（2005）

电　影　诗

如果到了未来
记忆还能够升起一片月
照临往昔
　　　　也就是现在
让一线斜阳把下沉式广场的虚怀收紧
缩成情人座,你会不会又一次
放大了瞳孔?——因为你依旧
被电影最初的那阵子黑暗抱得太热切

电影要映现的,却是另外的想象方程式

电影不打算再去收紧,它只要
看电影的两个人成为唯一
当情人座在电影渐渐松开的明亮里空旷
那唯一的人,一半还勉强
守住又可以自由的身体,还有一半
早已在下沉式广场的欲望里化开
放起了风筝——镜头于是从天边外俯冲

快推过道道锋利的屋脊像掠过层层浪

　　　　　　　　　　　　　你呢
从贪恋的狂吻里挣转来半边脸,鸟一样侧目
故意将月下滑翔的翼翅全看作山梁

"在那一侧"
　　　　　你飘扬着一半漫卷的身体说
"有几枝荆棘花闪耀着闪耀……"
它们莫须有倒刺的茎秆
会不会勾连唯一的那个人缠绕的视线?——所以

　　　　　　　　　　　　　你

在情人座里调整了一个更忘我的角度
好让仍属于自己的这一半
慢一点看电影快速进展于时间隧道

唯一的那个人
　　　　　如果把情人座装修在一辆
空调大巴最靠后的高坡上
让你能更放肆,偃仰在车窗的宽银幕前
那么只要一穿过隧道,你和你就都能如同电影
从现实攫取的记忆里看到……那闪耀

正在闪耀着……
    并且,如果
    到了未来
记忆还能够升起一片月照临往昔
也就是现在
你和你也只能就是那个唯一的人
像穿过时间隧道般又穿过下沉式广场的电影

"在那一侧——
    有几枝荆棘花闪耀着闪耀……"

        （2006）

童 话 诗

被将来的夜雨洗了好几遍,在废旧车厢
锈红的那一侧,粉笔字早已字迹模糊,
却反而勾勒出清晰的腔调:
　　　　　　　　　　"胖子下班了,
　　"多么舒服呀!"

要想再一次确认这声音,目光先要
从废车厢移向小站砖墙上挂着的灭火器。
灭火器下面,长条椅空寂。这个胖子,
虚幻地舒服着
粉笔轻描的身形轮廓。

　　　　　　　　胖子是透明的,
能够把臃肿于繁星的一整个通宵
慢慢咽下去。
　　　　　但胖子有点乏,他仅仅
把启明星照例像黄昏星一般别在了胸前。

……他的徽章也成了他的灯，
引着他打一个冒出猫形白汽的哈欠，
迈过小铁门拐进了幽深。
　　　　　　　　　在他身后，
火车忙碌得越来越隐约。

远去的轰鸣正被这隐约载往寂静，
要不是轰鸣以另外的隐约趸出小铁门，
像若无的追光追上了他，
胖子的前方，大概就不会有
一阵阵放大声量的犬吠……

可现在，狗又到村头又跳又叫，
空气震颤，一轮月坠进了半轮
村后的丘山。
　　　　　胖子嘟囔着他的八字步，
让声音泛白的泥径蜿蜒，穿过他

粉笔框出的空心身体，去抵达世界
本来的疲惫。那便是胖子下班的
舒服了：一轮月抹掉半轮丘山，
为了弥漫开漆黑的穹隆。
　　　　　　　　胖子也许就

·131·

歇在了那下面。
他趁着屁股缝裂开裤子的凉快和滑稽,
蹲在了那下面——
他借着有可能抹掉自己的痛快和滑稽,
用粉笔把自己涂写在夜雨将至的那下面。

(2006)

译自亡国的诗歌皇帝

搁下铺张到窒息的大业:那接近完成的多米诺帝国
一时间朕只要一口足够新鲜的空气

*

而突然冒出的那个想法,难免不会被激怒贬损
——万千重关山未必重于虚空里最为虚空的啁啾

*

声声鸟鸣的终极之美更搅乱心
拂袖朕掀翻半辈子经营的骨牌迷楼

(2007)

归 青 田

（纪念记忆）

整个夏天,临睡前去铺开
被汗渍渲染得更老的篾席
再把盔形罩锈蚀了半边的那盏台灯
也移往滑爽的打蜡地板,摆放于
篾席微卷起破损的那一头

他躺下,就着灯,展开一册
《聊斋志异》——望夜里干脆
就着满月
　　　　　边上,他儿子喜欢看
玉兰树和长窗之影从墙角到天花板

他读一段然后讲解,朔弦明灭
语调各不同。浓郁之晦里
他儿子听见狐妖们踮脚轻点屋瓦
另有魂魄,凄然转过弄堂暗角

脸色纸一样,到水边幽怨

接着是另几个眉月和盈月夜
另几个亏月跟残月切换,枕席之上
他娓娓,演绎更多非人间故事
为了强忍住一个呜咽,为了用他
所有的诉说,不去诉说他母亲的姓名

又一个夏天来临,儿子已到了
他当初啮心压抑悲愤的年纪
凭着栏杆,两个人翻看一册旧书
端详着,终于会显影于遗忘暗房的
颤栗的底片

   ——当这个女人
在早先的夏天突然发了疯
从自己的姓名里纵身一跃
沉进河塘,像要去捂紧油亮水镜里
漩涡一样无限收摄高音的喇叭

死和火红的黄昏之上,有另一只喇叭
重叠于落日,仍然在倾洒
喷射拉线广播的烈焰,半枯焦了

野田禾稻、运河与沟渠……穿过
这个女人的道路,入夜之后没于无声

唯有萤火虫把冷月领进了死之黑暗
于是,躲避满城持续的喧嚣
他重温母亲早年向他授受的传奇
恍惚两栖于阴阳世界。梦中之恋
天亮后幻化成光阴的废墟

        而现在
从那册《聊斋志异》里,他找回
依稀于母亲所有前世的照片一枚
背面一行字,只为他儿子倏现即逝
重慈:归青田,……隔世情人并逆鬼

(2008)

退思园之镜

现在全都进来了他们拥挤空的戏剧。

回廊蜿蜒又被蜿转；路径交叉，分岔香樟直到枝桠。

直到梢头，卵形叶片错综叶脉。

透过漏窗，游客张望漏窗那边他们张望的水中倒影。

任兰生用一生换一座园林，为了把一面镜置于其中。

他知道他必须攒敛何止十万两银子，才配在园中吟清风明月不须一钱买。

他知道意欲深隐镜中，就得朝离镜更远的方向去退思。

现在,从每个方向他们都逼近,几只电喇叭,导游同一种声音镜像。

每个方向的每位游客是相同的他们。

任兰生未必张季鹰之辈,油焖茭白跟鲈鱼莼菜倒是能做伴。

于是,他儿子置镜于菰雨生凉轩映照那退思?

游客远征军现在却占领了镜前竹榻,他们的战利品,是一样背景的一帧帧照片。

镜子映现同一张镜子脸;镜子脸皱起面对春水。

睡姿幻想的幻象则迥异。

任兰生用一生换一座园林,却没有来得及匆匆穿越这座园林。

他甚至不曾在镜前竹榻上占有过一个夏日午后。

他更不曾在镜前竹榻上占有一个夏日午后去梦见,

同一座园林是另一座园林。

在同一座园林或另一座园林,现在,游客于镜中串演幽媾戏。

他们拍留念照,揽导游细腰,或者让导游帮着摁快门,左搂右抱他们的风月。

镜头之镜收摄了念头的一闪而过吗?

当那面镜子由儿子架起,他父亲的一生就成了镜像。

任兰生用一生换一座园林,那园林之镜,说出他向度相反的历程。

他远在天边外思退的进路,被一匹奔马掀翻、阻断于天边外。

而现在他们也全都退出了,空的戏剧再度被抽空。

他们随手一扔门票,不须一钱如何买得清风明月归?

(2008)

题《题破山寺后禅院》

耿耿于眼前有景道不得,欧阳修从怅惘发展出一种恨。在青州山斋,他也有竹林、曲径和远钟,微微倾斜支起椭圆形镜子的水潭,花木浓荫里被筛选的阳光,潮气散不尽的泥地,铜绿锈蚀青苔,几枚亮斑,显露钱币大小的黯淡,而可人如袖珍滑翔机那般的蜻蜓,停落处便成了又一个幽处?这恰好他意欲的那联诗境。但不是他的,是常建的。

他几乎一辈子都想着捕捉十来个字,好让自己像百事可乐对可口可乐,科研出一个仿佛的配方,并不青之于蓝,也好蓝之于红。不意间,他平生想见而不能道以言者乃为已有,常建信笔一现的终极物景已在眼前,欧阳修竟尔依然莫获一言。他自称其怀不得,那么他晏息的山斋,也终于不会是他的。而常建偶然探访的古寺,立即就归于常建。当欧阳修题写青州山斋却仍难遣终身之恨尔,青州山斋也归于常建。

现在,大雨一夜后初日嫩艳,我们入兴福寺,架一张桌喝茶,吃松蕈面,听周遭跟鸟鸣相混的麻将。要是麻将代替钟磬,也助人觉悟吗? 但是没有谁还能从后面禅院里又一次寻得寂虚的胸臆了。我们只是对东院亭下的那块碑更有兴致。研读之际,我们有尼古拉·普桑《阿卡迪亚牧人》的造型。从摹勒笔画俊迈和警策的那番抽象里,我们知道,常建的诗境也归于米南宫,也归于穆大展,那么,为什么就不归于常喜诵常建的欧阳修呢? 穿过一棵古香樟树的如盖阴影踱到寺外,我们大概设想了,我们会拥有怎样的诗境。

(2009)

桃 花 诗

今天也已经变作往昔
　　　　——小林一茶

总有一枝不凋
忆想起,冷雨一鞭鞭
狂抽过后的桠杈之空

尽管空也能幻化桃花
脑穹隆下顽固的不凋
却是被痉挛的思维

催生出疼痛
骨朵欲望的不止艳红
不止开放般蔓延的血

这摇曳的不凋臆造
武陵人,缘溪忘路
曾经访得完美的往昔

他的奇遇,有赖一瓣瓣
梦见了他的桃花之念
在你头骨里无眠着不凋

一枝所思又奈何武陵人
只一天尽享无限桃花
并不能死于沦丧时间的

好的绝境。武陵人于是
坠入此夜,重新忘路
斜穿大半座都市的忧愁

他站到一树经不住冷雨
反复虐恋的乌有底下
承应你颅内

     他的桃花
正因疼痛而一枝不凋
正因疼痛,你臆造他

为你去幻化
仅属于你的无限桃花

(2010)

莫 名 镇

一条河在此转折
　　　　　　　就已经造就了它
何况还有
两岸水泥栏杆的粗陋

剥落绿色的邮政建筑也足以
构成它
　　　　再加上两三棵树
荫阴里停着大钢圈自行车

小银行则是必要的设施
玻璃门蒙尘，映现对街
蒙尘的学校
　　　　广播在广播
广播体操反复的广播

另一些影子属于几个人
不愿意稍稍挪动自己

在桥上低头看流水
在家庭旅馆的椭圆形院子里
看一盘残棋浮出深井

百货铺。菜市场。剃头店
网吧幽暗因为从前那是个谷仓
从电脑显示屏颤抖的对话框
到来者跨出,来到了此地
他其实不想找在此要找的,正当
这么个时刻……这么个时代

(2010)

谢 灵 运

永嘉山水里一册谢康乐
尽篇章难吐胸臆之艰涩

他郁闷便秘般晦黯的抒情
贯彻了太守唯一的政策

他用那欲界仙都微妙的词色
将削他头颅的刽子手抵斥

他比他假装的还要深刻
还要幽僻渺远地跋涉

好赢得还要隆重的
转折

    夕阳为孤屿勾勒金边
凸显于暮色天地间浑噩

(2011)

新　　疆

这样的一天。他感到
夕阳沦落依然汲引已逝的清晨
净水杯里,世界之初一动不动

如果,他心想,没有谁在意
行星自我轮回的曲面
那也就没有谁重返往昔

推开窗他看见
楼下的市场街通向郊区,直到
纯粹光芒纯粹幽暗的无视之地

世界之初依然轰鸣然而寂静
于是他返身拿过那杯水
愿意用每个未来的这样一天

换取第一次唤起新疆之前的此刻

(2011)

写给娜菲①的冬之喀纳斯序曲

1

裸岩砾石海叠加雪荒漠

悠悠欲断肠的高速公路尽头
称之为孤茕的收费站铁壳
      小于一粒沙

制服整洁的唯一的收费员被抛得更远

她值大晚班……她寂寞于寂寥
她只好在花斑如黑豹的夜穹隆弧形间
颓然瞌睡
   滑落膝头的幻想小说
      借自星空

---

① 娜菲,维吾尔美女,时年1岁。

在那里,百万亿光年深处
一座一样以孤茕为名的宇宙图书馆
也有人颓然

    瞌睡的膝头,滑落一册
冰点以下的空无所是

2

鱼怪要为世界营造一个
以吐出的气泡为模型的冬季

皑白到顶点的耀眼灼目
是它的法度

夏天已经被完满地吞噬。现在
只有寒
   只有寒凝冻一切皆寒

火焰的结晶体闪烁着闪烁,对应
雪山合围的喀纳斯冰镜映现的月之镜

两面镜反照一枚冷太阳

3

那么,没兴趣接着听这首诗讲述
怀抱间小娜菲侧转过身子,去梦她的梦

而搂她在怀抱的那个人来自狮子座
继续在诗的讲述里旅行

……七颗星导航
　　　　　一支车队叩问
总算来到了北斗之下的收费员跟前

她惊醒百无聊赖于虚空的惊讶
她升起
　　幻想小说里
　　　　　　冰封太久的红色横杆

此刻谁还会进入冬之心?

娜菲却梦见

　　　宇宙图书馆深邃的回廊

星际人凭栏咏叹
邈远星球无尽的广寒

4

鱼怪,它蔚蓝的冷血
记忆着喀纳斯前世的汪洋

无数粒钻石折射无数面七彩霓虹的粼粼波光
透明直至乌有的巨型水母一张一弛乌有的史前史
漩涡和浪谷里升起带盐味的氧气唇舌吹奏的海
　螺音

被一个相反的意志翻覆

　　　　　　然而
　　　　鱼怪说

从漫天星云降下的大雪是又一重汪洋

特别当夏天竟如此盛大
像自我追逐的赋格演绎了
　　　　　　繁盛繁复

那蕴藏的气泡越来越胀满,几欲
爆破酽洌的

    湖面之弧

为渺不可测的倒影发明了无端的对位法

其中有一个逆行动机
      既来自 188.5 米深处
      也来自百万亿光年深处

要让

由漫天星云幻化的大雪是又一重汪洋

5

收费员升起红色的横杆
她是否也想要

    升起测温计

亮闪闪如一根斜躺的水银柱

这激越不冻的

   布尔津河

要是它竖立

   站到

借宇宙图书馆的幻想小说改编其戏目的
雾凇剧团

   那旁白与对白的林间排练场

它是否会成为
全部独白里最具冲突的那个领舞者

   万籁俱寂

  伴奏着它

冰点以下

   水银柱仍保持俯冲的姿势
俯冲着去成为囚禁住这个姿势的冰雕

布尔津河却俯冲得更猛烈
它要从被这个姿势囚禁的冰雕里突围
如同测温计迅疾下降的残酷戏剧

玻璃也冻裂了

   水银迸泻

6

必得有一架悠久邈远穿越无数往世与来世的
射电望远镜,才能够看透
你的冬之心

   小娜菲摆一个舒服的姿势
   吧哒几下嘴,想用她
   还不会说话的转述去转述
   梦里听来的隔空传语

鱼怪抢白,又仿佛辩论
这难道不也是你的冬之心

这尤其是一颗
宇宙之心

   黑豹花斑的夜穹隆一变,布景般换成
   繁星密布的金钱豹穹隆,引来
   诗的讲述里入玄的那个人,去回望

十二月狮子座投射喀纳斯流光的雪意

每一次,你发现
倏忽消逝的一闪都隐现

兔的扑朔,鹿的
转折,狼的蹲守
骆驼的诚实和狐狸的迟疑
以及,天象跟暗喻混合起来的

虚构的力量

如此,被无所是的心之微颤划过
照亮

  马的蹄迹,爬犁的橇迹
兽皮足衣的踏迹
     登山靴的履迹
越野车轮防滑沟槽和镶钉的辙迹

       冷硬

归结向收缩为空的终极

7

喀纳斯的冬之汪洋
卷起的千堆雪万堆雪之上

一声楚尔飘移

    飘移的车队
是鱼怪记忆里相对于楚尔的海螺音唤来
致敬的浴雪者

    游泳

梦游向鸿蒙初开没有边际淹没的浩淼

雪盲眼的星际人
却从那没有的边际
    度越

经过收费员上空的时候
她换班给一个迟到的白昼
自整洁的制服里蜕出她自己

耀眼灼目的身体

被幻想小说充注了黑夜
　　　　　　　雪一般赤裸

星际人就用那河汉而无极的口吻去咏叹
去假设

　　　比钻石多棱体还多一个切面的
冰晶点点是她的肌肤,漫延到一切
藐姑射之山

　　　楚尔又吹奏

要唤起,要唤回
浴雪仪式里游泳太远的某个梦游者

因为
　　他
竟然危险而本质地遥对

史前史烟波间气泡升起的空无所是
　　　绰约若处子

　　　　　　　　　　(2011)

为题作石榴的本子
而写并题写石榴

被象征的意愿先于象征

然而,九九零年和一千年之间
她在官里的某一天,伊周送来过
好大一个纸本

    "可否用来写点什么?"
"要我就当枕头来用。"

睡梦跟失眠里,就都翻覆莫名的白浪
直到每一叶,全溢满
只剩下初秋

     *

那种天气,再不用多愁
秃头皮装潢弧面的果子可以为证

一千年后的另一个伊周送来过一只

已经裂了口,能看到
翻覆于内部更莫名的鳞浪
流动着沟回

  "可否用来思想点什么?"
"要我就当玉宇来用。"

被象征的乌有先于象征

(2012)

木　马

（马年元旦写给小曼）

上不紧发条的礼拜天慢转。浦江轮
烟突,喷吐棉花糖云朵和大白兔
锈斑点点的长耳朵旋钥
还不够炫耀
　　　　　两只氢气球假想
红眼睛,从旧洋房三楼的露台
升腾,半空中回头看
拖曳陈伯伯去公园骑木马的
开裆裤弟弟,小麻雀喳喳喊喊
围绕追随勃起来直指欢乐的小鸡鸡

从前,桅杆上,捆绑过一位智勇叔叔
回乡的奇幻航行间,他刻意让一匹
内置危机的木马留驻于欲望的胸襟
豪饮般倾听诱惑之鸟的迷魂调琼浆
他真正的眷恋

是未曾被战争戕杀的过去
    作为疮痍后新生的未来
而他最终相信的爱情里,有一台织机
惦念之梭往复,他的船泊靠
纵横帆旗帜改换云天的锦缎河畔

并没有讲完的这个故事,多少年后
在另一个星期天,因为另一座
空寂无人的儿童游乐场又得以杜撰
正当我和你,历尽各自不同的往昔抵达
此刻,要以眺望,回忆我们共同的起源
我们也去找弟弟和陈伯伯当初去找的
那枚按钮——它会启动木马转盘
唱奏无限循环的时光
    其中暗藏的同一粒
死亡,会呈现,新的换算欢乐的方程式

(2014)

火 车 站

（4月2日·来自小曼的一个变奏）

并非昨夜,是另外的日子
是更多的日子
偶然性迎来又告别一个人
负片里那件黑色皮衣
银盐浮现流逝的脸

       而昨夜
如此近;昨夜,无限远
混入呼吸的肌肤之亲
残肢和惊骇的油脂与血
火车站交叠着生死岔道

偶然性有一位必然调度员
在白热异地间摆布命运
一列车送人重归倒春寒
一列车却载来

沙暴蒙面的虐杀之利刃

……无限远,如此近
残肢和惊骇的油脂与血
混入呼吸的肌肤之亲
……而宵禁的火车站
并不能阻止一个人返回

(2014)

读 书 台[①]

合抱的栎树和榆树允许
从天青色深处的无限悠邈里
被鸟鸣的雕刻刀剔尽凡尘的
第一缕阳光透入
　　　　　　照亮一篇小赋

　　　昭明
正该是这样的早晨
当他走进未及题写
寻天然趣的那拱月洞门
看见已经有几位茶客
说话声混编于清风的发辫
石板桌上,玻璃杯摆开
反光剑门太白的翡翠

而他想要摊开旧籍,选出
另一些言辞,爱情诗,选出

---

① 江苏常熟虞山东南麓石梅梁昭明太子读书台。

栎树和榆树下另一些相遇

鸟鸣的雕刻刀继续工作
帮助他镂空他的检阅
　　　　　　帮助他
以星盘慢转的读书台观测
凿造完美的另一片天穹
其间所有的文章灼粲,每个早晨
都会映入另一枚留待喂饮的茶盏

　　　　　　　　（2014）

它仍是一个奇异的词

我知道这邪恶的点滴时间
——狄兰·托马斯

它仍是一个奇异的词
竭力置身于更薄的词典
指向它那不变的所指

它小于种籽,重于震颤着
碾来的坦克,它冷于
烫手的火焰一夜凝成冰
它的颜色跟遗忘混同

它依然在,没有被删除
夕阳底下,又一片
覆盖大地的水泥广场上
怀念拾穗的人们弯着腰
并非不能够将它辨认

它从未生长,甚至不发芽
它只愿成为当初喊出的
同一个词,挤破岩壳直坠地心
拖曳着所有黑昼和白夜

它不晦黯,也不是
一个燃烧的词
依然匿藏于更薄的词典
足够被一张纸严密地裹住

它不发亮,也不反射
它缠绕自身的乌有
之光如扭曲铁丝

而当纸的捆绑松开
锈迹斑斑的铁丝刺破

它仍是一个奇异的词

(2014)

小　区

扔下电钻,他到阳台上打火抽烟
干涸的游泳池对岸,有人从镜中
现身,朝虚空吐出缭绕的未来

混凝进水泥深处的往昔,在消逝的过去
刚刚被穿透。墙洞另一端,那
时间之豹,依旧在极小的圈中昏眩

那不是慢转的黑胶唱片,不是远古
秋天,一阵晚风盘旋落叶,青铜的月影
随强韧的河流又拐了几道弯

电钻作业时嘶鸣的速度,比绕行地轴的
世事还要快,比擦痛大气的陨星
还要尖利地刺问着宇宙

        当他用烟圈
也吐一个未来,模仿自己对面的幽寂

他企图忘记他曾经的管窥——一枚

迎接的漩涡瞳仁,要将他吸入乌有之无限

(2015)

陈　阿　林①

南洋，算盘珠怎么也除不尽雨水
和需要一次次剃短的前尘
当他从山东路南头的花旗营出来
重新去扮演起事之前的那个自己
心想他再也不会是自己了
或许他从来就不是自己

突围到城外乱坟滩迷失的一夜
并非噩梦，煎熬于上海壁垒的一年
也算不上。他记得深秋天扎头巾
时而去彝场(小东门外
只要几步路)，火药

---

① 陈阿林，生于1829年，福建青巾会首领，后成为小刀会的一个首领。1853年9月，与刘丽川等率两千余人从北门攻进县衙，占领上海县城，称大明国统理政教招讨左元帅，不久改称太平天国统理政教招讨左元帅，固守上海，屡挫江南大营清军。1855年初，法舰炮轰破城，清军涌入，小刀会弹尽粮绝，弃城突围，刘丽川等战亡，陈阿林迷失于城外乱坟，又躲藏进美国兵营，后搭船到香港，转而流亡南洋经商。卒年不详。

暴涨至每桶二十六洋银……恍惚

他醒转,从一片月漂过几重大海
透进轩窗的连环魇呓里,忆起豫园
点春堂前,太湖石有着惊涛的造型
借着昏昧间反射的宇宙光,他又摊开
写着五个魔法字眼的奇异的布
露出那柄,一尺七寸长的小刀

(2015)

汪伦的回应

> 桃花潭水深千尺,不及汪伦送我情。
> ——李白

五十四岁了他还在玩
到泾县已弄不清今夕何夕,但还想玩

有人走进酒肆,从敞开的座头
注目码头。有人用铜钱和竹签占卜

再过一年,国破;再过三年或许遭流放
再过八年此生和篇章全部都交付

那些诗行却也是来世,谁诵读,谁就漫游
就恍恍与之去,举杯销愁愁更愁

又坐到酒馆窗前的时候,有人赞叹月下飞天镜
而他继续玩,乘舟将欲行。二十六年不复!他记起

当初送友人直至碧空尽,如今反过来
他要为送行者去唱欢乐颂。他想象当初

(二十六年不复!)在一间英国人遗留的办公室
有人写坏了几支圆珠笔,未必不知道浮出纸面的

其实是他的言辞之倒影,那些倒影里
云生结海楼,而宇宙回廊间鸟道盘旋

纠缠意义交叉的天气。当暝色入高楼有人继续写
思想正高飞,手可摘星辰;如今却乘着超级升降器

疾疾落下来。有人走出了玻璃摩天塔,他返身仰望
塔尖刺穿往昔的太阳。他的眼睛被强光晃到了

这样就不用仰望第二次,不用错视加错视
看见有人在消失,没入地平线就像他自己

孤帆转到了另一颗西沉的太阳背面
那么我依然踏歌,他已听不见
馆栖于
要是有人依然赞叹,路过青弋江说一声
桃红,那么我就对之以李白

(2015)

宇 航 诗

永恒的太空那晴朗的嘲讽
　　——马拉美《太空》

I

大气是首要的关切。航天器不设终点而无远
它过于贴近假想中一颗开始的星
新视野里除了冰脊,只有时间
　　　　　　　尚未开始

它出于鸿蒙之初最孤独的情感。在山海之间
发现者曾经晏息的小区又已经蛮荒
幽深处隐约有一条曲径,残喘于植物茂盛的疯病
追逐自己伸向尽头的衰竭的望远镜

黄金云朵偶尔会飘过,偶尔会堆砌
突然裂眦:潭水暴涨倒映一枚锈红的
月亮,瞳仁般魔瞪操纵夜空的太空之空

宇宙考古队拾到了传说的钛金储存卡

那么他死去也仍旧快活于曾经的恋爱
当风卷卧室的白色窗纱,精挑细选的镜头
对准了窗纱卷起的一叠叠波澜,波澜间冲浪板
锋利的薄刃,从造型嶙峋的惊涛透雕宝蓝色天气

这不会是最后的晴朗天气,然而最后的影像显示
扮演恐龙者全部都窒息。防毒面具换成航天盔
他隐约的目的性在星际幽深处,因遨游的
漫荡无涯而迷惘。当他的身体化入

共同体,他无限的意识不仅被复制
也被彗星拖拽的每道光携带,摩擦万古愁
或许出于思绪的延伸(像一条曲径)
被切割开来的黑暗未知如果是诗,没有被切割

永不能抵及的黑暗未知之浩渺就一定是
而在眼前的新视野里,发现者尚未开始的又一生
已经从储存卡获得了记忆——另一番想象
来自前世的一个夏天:斜穿过午梦闪耀的宁寂

大人带孩子参观动物园。鸟形禽馆栖于阴翳

粗陋的铁栅栏,挡住麒麟和外星独角兽
"肉鲜美,皮可制革。"标牌上刻写
精确的一行字,曾经,也是诗

II(前传)

但只有水暗示生命的诗意;只有水
令横越沙漠的骆驼队狂喜,令巨大的猜测
在万有引力场弯曲的想象里
穿过宇宙学幽渺的针眼

      未必得益于超距之戏
倏忽,他成了超弦演义里独自弹出的那个
百夫长,航天盔忧郁,弧面映日也映出书生
由光谱演绎的液态幻象。人造卫星九霄里繁忙

把地狱消息又折射回人寰,空间站废置的
时间机器,依旧逆溯着枯索的商旅
直到干冰以绝冷雕刻的虚薄印迹
显现其化石于无何有深处的或许的证据

但只有水暗示生命的诗意;只有水
将种种假说演化为镜像对称的另一粒地球

悬挂在从他的盥洗室舷窗最方便摘取的永夜枝头
他伸出的食指如果去触探,他也被触击

         无极之寒
搜括仿似巴洛克音乐速率的脑电波,冻凝一支支
将会比蝴蝶更炫耀地展开的幻影赋格,铺设进
星际人彩排的神圣轻歌剧转烛的复调

忘了是在哪一轮未来,很可能他已经踏破极冠
要么登上砾岩之丘,去俯察几个滚烫的撞击坑
并不能确定,那里面是否有珍贵的涟漪一闪念
消失,连同荡漾和平复的质地,连同

消失的映照,反向映射不眠的天文台
为企望往生发明又一种往生的企望——但只有水
暗示生命的诗意;只有水引起没来由的干渴
要是不以涸竭为预期,他挑衅时空曲率的步点

就又得移回火箭样式的妄想巴别塔
忘了是在哪一轮未来,变乱的语言也念叨着水
他所模仿的虚构的发现者,浮现出来,模仿着
他,透过盥洗室舷窗的黎明递送宇航诗

        (2015)

虹

（演义于沈括）

——世传虹能入溪涧饮水

猫一样弓起七彩的优弧,虚空里它磨蹭
好奇之痒,它越来越魅惑的拱形身体
越来越吸引注视的抚摸

        而当它睡姿稍稍
翻侧,它让我又梦见另一处溪涧,激波
归于澄澈,倒映另一段锦绣小蛮腰,横过
蓊然巨木枝梢的桨叶划破雨后初霁的长天

这意愿的折射,折射我兴味和志趣的异色
我知道我将筑我的园庐,以梦中之溪
停萦杳缭,把萧然永日的省思环抱。对影
我倾谈,深居绝过从,杂处豕鹿间自得其乐
丘陵顶上,百花堆中央,轩窗俯临
田亩的棋盘,阡陌为已知世界划经纬

又伸向辽远的未知宇宙……那儿,我设想

或许有几个我之非我,好像阳燧的凹面
反照,我反转我——如果未除却心镜之碍
那么我看着鸢往东飞,十字阴影就会西翔
充任背景的一枚舍利塔,就会朝地狱悬垂
去钻探……这是否梦溪岔出的一条支流
恍若,别名蝴蛛的别样的虹,混流斑驳
错杂着相违的众多的我

       反向幻忆一次次
幻显:一遍又一遍,粮食被淘洗,淀粉
濯尽,白皙柔韧的面筋裸露女人体之妙
一遍又一遍,铁因为百炼不再减轻,终成
黟然青黑的纯钢;我一遍又一遍探窥极星
这才把极点的天位确定;我一遍又一遍
在扬州,在杭州,在东京和出使西京的客馆

被无数个梦的相同场合与场面提醒,直至
无外的必然借来一位偶然道士,示我以镇江
(真切的华胥国)——为了确实的滋味乡愁
张季鹰赴归确实的故地,我归赴虚构的乡梓
旧风景,为了完成虚构的故我——京口之陲

正好可以是一个晚境,城市山林众树太繁盛
甚至苍郁得过于荒茂,其间我命名的逝水

蜿蜒,正好可以秉烛夜航——笔的篙橹
纸的扁舟,载我顺逆于相悖的方向,穿越
奈何桥幽昧的半圆拱,抵达同一种自然天命
波澜被船头一寸寸犁开,却依然卷扬
梦之溪涧的水声喧哗……想象潺湲于经验
荡漾假设和推断,我以我的某一番见识
鉴别一幅正午牡丹:被日焰烧焦的艳丽之下

猫的瞳仁演绎时间;呈现一条细线的
虹膜,深底里深藏燃不尽的花影——转眸
漫空又漫溢燃不尽的星光……我猜测猫眼睛
也是浑天仪,反复测量太一生水的玻璃体穹隆
我看到一道新虹跃起,猫的弯曲身形
又去好奇地汲饮——半圆拱如之奈何,一端
梦溪,一端浸在我每个寻常日子的深涧

水

是水,是冰霜雪,蒸腾的云气,始原之力
最亲切的知识无形地渗漓,摄一切有形
作为其虚像;水,是道,是莫名多情,并且

万古愁,并且染渍,并且清洁——染渍或清洁
水的自我……水却,还不是;水还不是
小于每个水滴的水,水还不是水的物自体

水的命理学,由一个个小雨点借光又分光
闪烁,数十百千年事皆能言之的前知前定
而我只愿熟观今日,迷惑于今日的往昔之忆
未来之变。更细的雨幕更多幽渺,幽渺里一条虹
鞠躬饮水——梦溪边我梦见扣洞注视它
与之对立,相去数丈,间隔的喜悦飘拂着薄纱
要是我过岸撩开薄纱,那么就梦醒,都无所见

——虹乃雨中日影也,日照雨,则有之

(2016)

如何让谢灵运再写山水诗

卸掉前齿,且留些后耻
当山行穷登顿,陡峻稠叠更提醒
注目。巨岩在背阴处多么幽黯
白云环绕,白云擦拭,也只是益发
反衬其幽黯。清涟之畔细竹枝斜曳

海岸寥寥。海岸线涌起万岭千峰
在自身的万姿千状里寂寞
林间空地乱鸣雀鸟,远音稍显飞鸿
一起沦入黄昏的昏黄。星转,拂晓
霜的微粒轻颤,被抖落——薄月

隐入玻璃天之冬。雪的六边形晶片
则是新奇的另一种玻璃,唯有寒意
没有尘埃。温暖会带来污浊和
消失……光还未及照进深潭,母猿
一跃,隐晦间倏然有新思想映现

为此他或许略去人迹,车辙,炊烟
黄金比例的宫殿;驿站射出马之
快箭,向太守传达最新的御旨
船向岸边的集市围拢,他的头颈
——几年后难免在那儿被砍断

要是追认他觉悟于风景,又去
唤醒自然的情感,以一番番郁闷
愁苦、失意和孤独配套其吟讽
他劈开浓翳密竹,抵及迷昧核心的
道路就贯通至今,就会劈开心的迷昧

要是他返回,勉强现身于都城相套着
九环地狱的任何层级,探看自家楼下
雾霾模糊的池中起波澜,掀动一颗
以怨恨沙尘弥漫为空气的星球倒影
倒影里有一对肺叶翅膀已锈迹斑斑

那上面滚动混屪的水珠,本该剔透地
滚动于莲叶……无穷碧;又比如他
继续攀登,歇脚在一株乌桕树下
抬头所见,青峦映入死灰的天色

像一名患者麻醉在手术台,那么

是否,他更加有理由发明山水诗

(2016)

南 游 记

(山海天诗会·写给蒋浩)

……一同抵达的还有薄暮
海映在天上,紫光拍打云的珊瑚礁
要不了多久谁就都相信,夜正在翻作
千窟万窍的巨澜漫卷,星星钻出来滑翔
踏着炫耀其闪烁和互相轩邈的冲浪板

朝向这一切,超级大堂的空阔便会有
宇宙空阔,水晶质地的龙宫架构间
的确暗藏过几样神珍。鲫鱼精觊觎
化身为近似鲤鱼的金鱼腾起了霓虹,乃至
霓虹灯,却不敌金枪鱼迅疾闪击,并且

鲸鱼,将上喷的水柱展开成旋翼,半空中
直升飞机般巡洋——当奇境穿越几番旧演义
新演义又提议:参观奇境的下沉式酒吧
章鱼调酒师服务葛优躺,自个儿葛优秃

忙碌于瓶罐杯盏明灭的仪表盘。颅骨的

航天盔弯曲意念,要把专程到访的一干人
以混乱缤纷醺醺然,醒豁地送离醒的大气层
——他们的加速度错失月亮,更快,甚而
来不及掏手机,拍下土星环带倾侧的忧郁症
他们又扭头回看到第二天,能够去指认

昨晚的来路。地球渺渺,幸好被裹进
较多的蔚蓝。九点烟里,他们找来了
一弯依稀隐现的碧绿——很可能已经
呼吸困难——他们仍奋力说,这有如开始
开始啊永远会重新开始……继续遨游

就继续探讨,设问开始如何被发明
梦的返回舱,如何把写作的再入角算对
但他们再被引力揽入也还是醉了,也还是
用一个醉了的观测点看见他们,经由那弯
最澄澈的开始,登上一座山顶小凉亭

天浸在海里,连同三叉戟和它的警句或
绝句尾迹云,连同正午,几处星座不肯匿形
明示他们,翻过红土丘陵的懒散,淘宝于

虾兵蟹将用迷彩迷蒙的发射基地——母龙献策,金箍棒火箭,会从别的海快递过来

(2016)

读一部写于劫后的自传

死亡营有一个虚妄的结构
出生于其间或许偶然
那么他只为必然成长
他如此年轻,期盼获救
能够熬到幸存的第二天

他将活进——仿佛得以
支配虚妄的第二宇宙
并且替换——在它前夜
毙命的自己:头顶越来越
绝望的标志,看更高处

盘旋的星空引起无数
飞升的意愿。如果他摘来
几颗悬浮月,他会否尝试
其中最为诱人的如果?球面镜
反射主宰之光,又映入他那枚

不该被抹去的挣扎的侧影
——他醒在劫后陌生的早晨
长窗敞开,自由的鸟鸣引起
惊异。如何置信呢?啁啾
过于美妙,充斥第二命运

而当一颗心经历了过于
美妙的白昼回到黯然
敞开的长窗下,他又领受
从来不能够领受的明净。那是
想象,想象随所欲夤夜漫步

那是临终最后的意愿,开始
第二生必要的理由。如果他
因而,尝试了最为诱人的
如果,那他就获知,就被
抹不掉的已逝照临——清辉

投向每一种闪烁,闪烁一枚
相同的幽魂。这新的球面镜
并不反射殉难之光,又该
何皎洁?又能将他怎么去
定义?!——他唯有继续

到锦绣未来继续逆溯,穿透
必要的死前之死……死者
才是真正的幸存者,在他体内
激活不死。他回忆他的所有
今后,死亡营有一个虚妄的结构

(2016)

度　　假

唯一的改变是一成不变
街巷依旧狭窄,来自天上的巨流依旧
在穿越几片次生林以后又拐过季候
到小旅馆窗下已显得静谧
水中悬浮的黄金锦鲤依旧不动
仿佛云眼里飞鸟不动的一个倒影

他们到来仅只是照例
就像航班照例延误,飞机却照例傍晚
降落,一盏打开往昔的灯,照例昏黄
灯下的茶碗和去年未及读完的书
照例摆放在同一家餐厅的同一张桌上
打烊时告辞,小费也照例

银行汇率跟空气指数稳定于适宜
树荫下的鞋匠铺,民居楼里寂寞的书店
江堤上情侣推单车散步,他们的姿态和
莫测的表情,有如一部回放的默片

猫在报摊还是弓着往日的睡形
偶尔有雨,预料般重复上一场雨

斗转星移世事缭乱,每一刻都展现
一层新地狱。然而仍有某种胜境
坚持记忆里终极的当初。那么他们就
临时放下了各自的武器,抽身去战前
那间并无二致的酒吧。交火双方对饮
酩酊,确认此刻为真——他们正在度假

(2016)

北　京　人

特征不是没有下颏,而是已经盗取了
火。年纪轻轻就在老林里耍那根棍子
打猎,嚼果儿,并且吸果儿,组织
黑社会。他们十来岁就能知天命
但他们砸石头,发明剖开剑齿虎腹腔的
暴力之斧。他们钻进猛兽又钻出
学着做人,直立,行走,花几十万年

住进山顶洞上室的幽昧,昏花里打磨骨针
海蚶壳,缝梅花鹿皮的齐阴短裙
串起项饰定义了美。他们继续明火执仗
甚至一箭射穿紫禁城,玩鹰遛狗,唱
玉堂春,维新不成又打义和拳,回头提议
重建圆明园。绘上蓝图的每个圈里全都是
"拆",环环套起地狱形状的天上人间

火被设想为最高贡献,巨大的成功
最后一口氧气,为此也必将燃烧成灰烬

弥漫在长城上下抵挡敌对势力的周遭
对流层里的白昼是夜,夜是扇动翅膀的
肺,被交错的汽车大光灯打量、扫射
剪去仍用于呼吸的部分。他们也仍用
火炬接力传递说"火了!"花几十万元

又几千万元,在新风系统的巢窟里各自
爱惜羽毛,回顾世界险恶时艰苦奋斗
进化成实现了始祖鸿鹄之志的鸟人
他们想添加飞往天涯海角的本能
用口罩遮起前突的嘴,暴烈的齿
曾朝着猛犸示威的狂吼。或许他们
还想进化……特征是空,再无需肺腑

(2016)

另一首宇航诗

真正的冒险是逃离险境。霾固然窒息
要奋力投奔的真空星座更让人犯愁
而且,他提示父亲,眼下甚至没有了
眼前。费尽亿兆时日和心力,大气迷宫

的确已造就,这世界奇观一望无所见
一牛九锁于其中的牛头怪牛瞪着盲视
牛祸之牛哀,却依然牛瓣,凭牛劲执牛耳
要像牛市冲上牛斗般跟自己顶牛,钻

牛角尖——这些个史前词早变得晦涩
要么被设定为会引起颠覆的敏感词、废词
并没有可能在末日混沌里擦拭掉污浊
重现一种有如牛蝓的尖锐穿透力

那么那诅咒是否也失效?硅晶身体和
程序思维的童男童女刚组装起来
赶不及上线下载灵魂就遭遇吞食

祭献物统一莫测的表情,红肿着喉阀

用类似咆哮的掏心咳嗽发炎其幻灭
被劫持的整体,则全为呼吸套上了
禁锢发声的防毒罩笼络……他父亲于是
对儿子摇头,没有谁还在说"吾与汝

偕亡!"——也没有谁还能摸到出口
从悬浮无限细颗粒魇昧的此梦里醒转
对镜清理掉多环芳烃跟重金属眼眵
辨认脸上的自然本相——但伊卡洛斯

终得以突围,从上一纪古视频"首都
三叠"寻找虫洞,重启沙漠里1971年
折断的飞行器,补上气熔胶,羽毛
石油焦助推,生天去亲近亡毁的新宇宙

(2016)

II

十 片 断

个人的记忆

广大的事物在旋转中上升。太阳。第七日。图案繁复的波斯地毯上侧卧着裸体。海盆带动冬季的大海,跃起又变化,仿佛一条鱼展开翅膀,向往着更加光辉的南方。

而我则被我的屋子抱紧,我如同这屋子所怀的石头,沉沉向下,垂直到深底,松开了醒悟的降落伞之手不松开诗篇——

> 一门心思只在那间小小的
> 房间,将它清扫,将它整理
> 因为里边也许仍住着
> 那正当青春妙龄的少女①

广大的事物愈升往高处,它留在我幽闭暗室的

---

① 引自勒内·马利亚·里尔克。

明亮成分就愈加充盈。

冬　季

但是仍然有祝愿,但是仍然有

带回了血腥和新生女儿的巨型伽蓝鸟。

南中国的冬季,一个冬季,花焰也仍然要点燃爱情。那因为寒冷而充血的脸。那因为坏消息而更加激烈的马蹄和心。鹰翅之下,耀眼的景色集中明亮,植物天堂里赤裸着海豚和欢快的葬礼。

树

一棵树高于冬天的心情。它翠绿的光芒升得更高,照亮了隔山退潮的海。它的手梳理时间和音乐。它捕获飞鸟,又从眼眶里把鸟儿放送。

跟景色分离,精神自肉体通过树干,繁荣的冠盖为谁喧响?

风。潮音。深草之中雄蟑的跳跃。下午的荫阴里,小说家翻看战地笔记。

回忆从内部上升到梦幻,一棵树吮吸岩石和尸骨。——大地核心里无限旋转的烈火和黑暗凝结成酸果,此时低垂在晴朗的枝头。

被战争打垮的小说家醒来,合拢书本,远眺已混同于黄昏的海。

那破碎的镜子;

那合唱的鱼;

那倒映于西方天幕的喧响。

黎　　明

黎明,睡眠最后的葡萄已熟透。梦被滤净,留下了金子。双手之下姑娘的乳房翅膀在掀动。黑暗退到了五里以外,那儿的浅滩上,有人划亮火柴去点烟,闪现出一张海盗的脸。

船队落向鱼谷。船队在深海中上升。铁和猴子穿越了太阳。黎明行进得更快。阴茎滚烫地插入。一线亮光照射木盆,淡水中似乎有音叉被轻击。

城 市 之 春

正当春天,在黑暗的末班电车里我突然忆及了相似的一夜。蓝色火焰的伟大典籍引领谁横贯

月下的空城?

孤儿院的亡灵如一架梯子,攀往半空,危险又

僵硬。那瞎了眼的伪先知自一管烟囱进入了火炉。

辞语,这不分季候反复绽开的苦涩的石榴,它虚假的珍珠又为谁闪耀革命之光?

黑暗的末班电车里,我返回的心情超出了速度,直抵相似的春天的子宫。

陵园空旷。诗歌和雪线。谁的大红袍抖开黎明?谁在热爱中孕育了石头和新鲜的死亡?

在南方歌唱

在南方歌唱,就是在光明里梦见黑暗。在南方歌唱,就是把梦想的黑暗用光明刻画。

一枚收割黄金的刀,它也是收割生命的刀,它也是掠过苦难的诗篇:那幸福的,因相反的追索而更高的翅膀。

我光着脑袋,我栖止于银杏。我收割死亡的飞翔要抖开音乐的大海。睡眠中一跃六尺的鳍鱼,白斑点点,仿佛众星映现于晴夜那新的天空。它们以珊瑚的节奏繁殖。它们在南方,对应雪野的景泰蓝猛虎。

在南方歌唱就是让火焰从水中上升。在南方歌唱,就是让火焰在黑暗深处以大海为核心;就是在我所目击的世事万物间注入血液;就是在一吹一息的身体光辉里种植那纯粹。

这样我独自在冬季之下,独自栖止于孤立的银杏。在南方歌唱,我是那眼含热泪的雨燕放送者,我是那已经被放送的话语之雨燕。

牺　　牲

雪山崩溃的噪音和闪电划开过自由!那依旧照耀的,那弯曲了物质的,以公正和宽大为父的时光遗留下命运。它更像植物,为景色而疯长,梦幻的成分多于理想。它终于也要被死亡收割,正当我歌唱,献出了内心阴影的歌剧院。

——我已经浪费了太多诗篇,为一个白昼和繁殖巨蜥的夏天而牺牲……

从 诗 篇 里

从诗篇里,老虎跃出,银白夺目的七星灯笼鱼族类正变形。那纯净和珍贵的,那光辉预演的,是死亡,是死亡——以及突破了死亡之围的生命远征军。

时光被我总结。秋气因回忆而聚拢。刚刚偏离了舞蹈的群峰更向往热烈。闪电停留,在群峰之

上,鹰一样的闪电要攫取季节酸涩的果实:

漆黑的粮仓

最后的风景

斑斓的锦鸡和

裸身于三支火把的女性

从诗篇里,幻象和真理合而为一,仿佛首先跃出的老虎——以壮丽和盛大给了我恐惧。而我在群峰的浓荫内部,在白色茅草的冠盖之下,我计算音节,我听到了雷霆——来自诗篇尽头的闪电要吐露黑夜——我等待一场雨搬运和繁殖。

地　　理

每一个肉身是一粒精神!在海盆中心,植物天堂翠绿的阴影里大裸体耀眼。黝黑的马匹转化为半神,鬃毛卷曲的人头面向着朴素的爱。

时光飞旋

新的图景合于意愿

每一种爱情是一粒星座

镜子和钻石共同承担海洋的激情。伟大的始祖鸟引领着灵魂:发辫里编织青春的精卫,从无限拥抱诗歌的吟唱者,还有那双眼深陷的,用简洁的一个词占有又馈赠一切花园和思想迷宫的年老的先知,他们有一样的酒浆和白昼,有一样的亮光和振翅凌空的鲲鹏之变。

并且核心包藏着烈焰的神圣之夜在更高的位置。震怒用石头熔炼万物,以破坏塑造异样的鸟类

玻璃趾爪

水的翼翅

空气贯穿的亮眼和啼鸣遍布于黑暗

它们会齐集在开阔的火山口,搜寻和衔食惩罚之火缔结的酸果。

美人鱼漫游,在良辰的边缘。嗓音繁殖的合唱队乐器有如南风,收回又催发舰船和史诗。当一轮新月空照水域,骑上剃刀鲸颈项的海怪正驰往黎明。

人类在生命四周,共同享用着太阳

瘦削的伐木者翻越山冈,看见了晚钟里入浴的新娘。

那智慧的玻璃匠用镜子说话,亿万颗落日反复沉沦。

广大的宫廷!披散和束装的白色处女!

一个皇帝在湖上叹月;另一个凯撒在美人的怀抱。

山鲁佐德又推迟一夜;那刺破了谜底的苦难之王也刺破光明。

而菩提树下,觉悟者布告真理的次大陆——

我们知道，他将会遗忘
却仍旧为我们指点了迷津①

——巨星照耀被歌唱的文明。集体智力的金字塔内部亡灵要继续。黄金面具，托举阴茎的白玉助淫器，以及那弯弓，最后一次射杀大鹰的琮琤弦响仍没有停息。然后是废墟，星下的空城，无数蝴蝶共同围绕着妓女的鬼魂。

稻米一天天成长，丰收像扇子展开。收获粮食的人们，也收获各自的命运。无穷无尽的是被一个人间歌手写下的绝唱，几乎已丧失了所有的意义。

但是在另外一极，世界严寒的高薨，雪山光辉的金顶之上神庙已敞开。神秘的走兽孤独而美。

阳光从石头凹槽里返回，圣洁的鱼类传达出意志。

那众父之父，那仅仅跟虚无倾谈的大祭司枯守着灯盏，要让道通过他养育万有。

来世之书

一本来世之书被书写。

---

① 引自勒内·马利亚·里尔克。

那依靠钻石确立的赞美诗焚烧着拨弦于冬季的歌手。

人,时光种植的血肉,又要因真理而再次成长。

七窍喷出火焰的歌手,人类中的高大七叶树,在他之上一本来世之书被书写。而他的嗓子点亮的灯,光明更向着长久黑暗的西天和诸神。

太阳升起来,一本书落下。

一本来世之书,仿佛星期天上午的金星。它被书写,继续被书写。以七月为心脏的冬之歌手仅能在死亡里将它触摸。

(1988)

二十七章

西　区

　　西区总是早一点陈旧。在那里,黄昏从午睡梦醒时算起,寂静谱写的下午被删除。一轮落日,提升几座花园的暝色,把街边的象棋手融入余晖。落日下滑的形象,又停留在亿万分裂的窗前,似乎要证明,半透明的玻璃有夕光的记忆力。而繁复的楼道间,或纠结了黑暗的陌生的弄堂里,那递送晚报的绿衣人晕眩。晕眩里他听说:落日要令他一辈子生锈。他的上面,有寻常的奇景,半空中自焚的金马车成灰。

日　子

　　时间不再是断不开的流程,无限循环的光之圈套。它成为一枝劲竹,一段脊柱,一条有着诸多哨卡的收费路途。当有人站在旧居的露台上,面对石头拱门接石头拱门接石头拱门的单调街景,他更置身于有可能催发花朵的中空关节,有可能突入脑海的梦之骨髓。他瞥见一个追求永远的流浪歌手依然故我,于反复的阴影里拨弄烧焦的老木头琴。

月　　亮

一个早晨他看见太阳升起了月亮并未退下——月亮单薄得像一片冰仿佛跟太阳仅隔着一条瘦街的距离,迟迟不退下,为了发出对太阳的一嘘?九点,他坐在办公室,依然望得见月亮的幻象……最终会隐没吗?在两条河流的交汇之处,月亮并不坠落而只是淡出,用黯然这低嗓门说出亏空、渺茫、惆怅和虚幻。而这种光芒的来源,是重锤定音的太阳。因此,他想,月亮,一个反讽,一种令世界变轻的力量(靠稀释所谓神的强光之异能?),这就是他为什么要置这个古老之词于摊开在办公桌上的稿纸间那首深思熟虑的即兴诗篇的或许的理由?

发　型　师

致力于塑造一个波浪。波浪总是在众多波浪间成为波浪,但是有必要分离出既非前一个波浪又非后一个波浪的独特的波浪,把它提升起来,把它盛在盘中,把它端给照着镜子的那颗头颅。

三　月

更多的篇章在内心生成。他能够听到它们的声响,他能够写下的,现在还仅仅是它们的题目。第一奏鸣。打开的窗。星座。树。夜晚的断章和时间之书。当他中午到江边,想象黎明入海,一些字句会迎面掠过,如花枝招展的族类,跟明灭的渔火相似。而当他坐进一片亮光,孩子们在桥上已经传诵了最新的诗行。

一些探头

那是一种有限的、重复的、剔除多余成分的观看,注重局部、拉开距离,因为缩小反而更加清晰和明确。那是近乎冷漠的抚摸,而它的主动性将它的结构带给观看物。它是眼光必须的强迫症延展。它是一根神经,牵动大脑。它成为摆布与观看复合的器官,以观看摆布被监控的存在。

镜　　像

镜子不再是对称于此生的一种有限,当它被阅读构造成一个点化尘世之外的乌托邦词语,它增殖、省略、收缩和追忆的幻象里,除了另一面镜子,不必另有他物。行进在纯粹由玻璃钢幕墙筑起的街头,他发现他写下过他从来未曾设想的句子。

一个寓居者

午睡后去旧书店散步,带回几册泛黄的平装本;坐下来准备细读的时候,想到了早年写成的叙事诗篇里算错的音节。

早　　晨

而早晨他下楼领取牛奶时总能碰到夜半梦见的同一个女子,松散的发辫里残留着纯真色情的诗。

五　　月

五月以白银为质地,盖子用水晶做成。五月的壶中,一朵诗情的火焰被养育,颜色近于浅海的翠绿。五月,有人倾倒字句,阳光新漆了雨后的街,暗房里,一帧情人的留念照显影。五月,在一间茶室的木窗格下,他将读到另一位诗人——"完全不同的一位,他并不住在西区,他有一个安静的家在群山之间,他的声音像澄明的空气里响着的铃。一位快乐的诗人,他对他的窗子与书橱的玻璃门说话,它们的沉思也反映出一种可爱而寂寞的距离,"里尔克在《布里格笔记》里大概会接着说,"这就是我希望成为的诗人。"

一辆大钢圈的邮政绿自行车

光芒收敛往昔,阴影重构弄堂已经被拆空的迷宫,稀薄的红砖色延展曾经无尽的歧路。一辆大钢圈的邮政绿自行车自行其是,并不需要哪个投递员将它驾驭,在寂静的正午,突然喊一声将人惊醒的某某某电报……轻易物化的机械师之梦,驯良地驰出遗忘的怪兽,一辆大钢圈的邮政绿自行车——把住它龙头的,很快,就只剩下一派隐去的星空了。

夜 女 郎

她首先自一个浅梦里到来。绿色和灰色混合

的海面,一朵水花溅开,西晒太阳低于堤坝,照射在锁骨和头颈微妙的凹处。那是一个侧光站姿从海中升起,阴毛间点缀水藻和一枚隐约的扇贝。当她奔向大坝尽头的红色旅馆,她的额角、鼻翼、乳沟和小腹间光斑在跳动。"我感到,她是从背后,从颅骨底部的乌有穴位进入我那场岛上瞌睡的。"……夜女郎永远有英俊而不是娇媚的脸庞,皮肤光洁,身材高挑,腰肢柔韧。她有着一对结实的乳房,大小如金瓜,屁股则容易被想象为梨形。她翘起的奶头是夜色的,应合眼睑那一抹夜色、脚指甲上奢侈的夜色和脑后玻璃发卡的夜色。"我坐在她对面,伸手抚摸她剥去了树皮的杏仁色脖颈,闻到她身上难以抗拒的香樟气息。"

夏 天 的 书

窗纱翻成绿色,手中的书卷也赶紧得调换。得换上明快轻捷的、亮光清澈的,得换上有如葡萄架庭院、有如防波堤坝上招展又高涨的银杏大雪一样的歌集。当阅读进行到一半,坐在边城小旅馆寂寞的窗前,他不能度尽这样的一天。

第 七 天

第七天放晴,一天连一天的职业苦雨如期被打断,仿佛枯涩的玄学论著里,跳出了一句柳永的词;或当盛夏,正午出门,燠蒸间突然缕缕清风,百货店橱窗里游动一条月色美人鱼。第七天也就是完整的上午,素净桌布上压着深褐的粗陶胆瓶,一捧绣球花在入户的阳光下转变成蓝色。第七天,一本平装书(大人国和小人国),一个来客(他带来黑亮的木头手镯),一支乐曲(海顿或格什温)和午后公园里一次奇遇(其实是命定)。空寂的茶室,浮泛的交谈靠风景维持,左手搭上了另一只左手。华灯初上时,他跟她又经过玻璃防波堤,他指点给她,下一个第七天他们会去的渐暗的入海口。

一 个 生 词

轮子飞旋,打着滑,汽车并不向前移动。他读到一个他并不知其所指的词。一个乌有,一个无所云,没办法点亮他探照记忆幽谷中一派芬芳的想象火把。但是在南京路一间玻璃花房里,长相酷似于他的老板抽着烟,反复念叨着同一个生词。他嗅到那异香,一声声发音古怪的感叹。

运 水 卡 车

他听说过这种在旱季里轻快驰行的卡车但从未见过,不知道司机为谁上路,从哪条河边出发,要把水装进怎样的巨罐。奇怪的是,他对运水卡车的每一次想象总是关联日落景象;当运水卡车经过他睡眠的窗下,他总是错误地梦见七月的黄昏。运水卡车。微光中透出的第一颗星。尘土初定的郊区公路。夹道的榆树和对于清澈的记忆和返回。这属于一首心情落寞的日常之诗。

八　月

八月巨大的意象隐去。八月的声音却更加弥散。黎明时一座军营的号角;七点半几个挤车人吵架;上午某商厦马路运动会;中午寂静里瓜贩们叫卖;下午,三点钟,游泳场的大喇叭传出救命声;黄昏里鸣蝉持续着聒噪;晚饭,晚新闻,满城的电视机响成一片,乘凉者在楼下为争地盘动起了刀;夜里大卡车颠覆空气;凌晨迟归者大喊快开门……八月,一棵树的喧哗穷尽全部的象征意义,留下的只是它的阴影。铺展开来的浓荫,偶然泄漏的阳光,被筛选的月之明镜,倏忽弹出的词一般的燕子。那阴影最黑处,也是它最深处,有病入膏肓的无言和失语,有一个坐姿,一个被午睡虚构的坐姿之空无。它将随夏天的流逝而隐去,要么被嘈杂曝光了相关的胶片。

九　月

九月呈现为一个倒影,图像因为波动而变形,散开,重合,被局部放大,或干脆被删除。九月的歌唱者,迎接重新返回的风、鸟群和一种相反的复苏,于收获日看见种子的前世,那向往热烈的破土的灵魂。在九月,一个声音倒读出春天,其方式有如涡轮耳廓的广泛倾听——它不再是诉说,关于荒地上残忍的绝望降生,它所接受的,是满怀欣慰的死之回声。九月是伟大冷却的开端,日历上提供逆施和回忆的时间转折点。在九月,一行赞美诗开始倾斜,趋于弯曲,翻过来审视一种人生观,令一个人有可能行走于黄金的弧形天穹。

信

随时都可能又有下一封来信送达。那个收信

人下定决心去活到老死。他更大的愿望,是要将自己作为最后的回信寄出。他终于会是他自己的信使。他身不由己地投向了注定的黑暗城堡主人的信箱。

明　　星

那部超级大片改编自躲在衙门里一间推窗便能就菊花的小轩用蝇头小楷慢悠悠细述的传奇故事——那位县丞,幻想人类有一天会从时间尽头迈入灵异空间,不再受制于仿佛专为限制人类行为而设的物理规则,从而随心所欲任意为之,弄得那几个被钢丝吊来吊去的替身演员皮下瘀紫,眉破鼻肿——为了导演要展示的,男女主角腾云驾雾的能耐、同时现身四方的神通。而对于充任男女主角的明星,这其实早已不算什么。乘着超音速飞机,他们已经在地球上来来回回无数遍,航程都可以绕这颗行星好几十圈了;有时候他们也乘直升飞机,他们从云端里伸出长镜头,抢抓躺在一百多层某个卫生间冲浪浴缸里戏水鸳鸯的瞬间英姿,报复狗仔队员抢抓了那么多他们的隐私镜头。他们的分身则出现在世界每一个角落,杂志、报纸、招贴、广告、电视、手机、巨型电子屏、天空间突然凝聚的一朵云、晴夜里重新排列的星图,他们简直无处不到场……

社区老年大学的一堂天文课

"加速度带给万物,特别带给人的内分泌、血液和灵魂,带给人的潜意识、情感、思绪和语言巨大的离心力,其方向和意志,是世纪的方向和意志,要奔赴甚至用射电望远镜也未必能看清的某一星座。那近于虚无的星座的气质、性格、怪癖和欲望规定和完成世界历史、人的命运。离心力并不恒久,方向和意志也不恒定。所谓世纪末,就是离心力的暂时削减和衰弱,就是人的世界暂时偏离了旧星座而尚未被一颗新星吸引。"

电　　话

当初他拨电话。十位数号码穿过门厅冲出屋子,沿着砌进走廊墙壁的暗线下楼,直到地底,如一束只能被听见的光之激流射离本城,掠过人群、车辆、广场、铁路、村镇、牛马、岔道、山岭、果园、河口、飞鸟、云层、暴风、星辰、工厂、大雨和几个省份,去叩响摆放在绿色澡盆底部城市里一张晦暗写字桌上的电话机铃。"是我……"他告诉她已经确定的旅行。"我有我自己的目的。那就是你的城市和你。"电话线贯穿他们的讨论：路线和路程,车次,船期和航班。"我会在每一次停留中给你电话。我设想着电话线把我牵扯进你的氛围。"戏剧另一端,指甲呈显霓虹的一只手放下了听筒。那地方的黄昏刚刚结束,厅堂里灯一下全部打开,把一个额头照得锃亮。而今,不必了。这通电话而今也变得过分讲究了。

有 轨 电 车

它终于变成了一个暗影,从回忆的深底浮起的意象,传说中一匹秘密的走兽。它的叮当声隐隐传入黄昏的门厅,令一个盲眼人泪流满面。在接下来的几种睡梦里,有轨电车反复从雾中驰进城门,略微倾斜地拐弯,摇晃着靠向说书场,带走几个脸蛋被冻红的逃学的小男孩。他们在车尾找到了脚踏的铃铛开关,他们毫无节制地踩响它,并一路细数沿街窗台上垂挂的冰凌……这就是说,有轨电车带走了童年。留下的只是另外的夕阳,另外的季候,渐渐衰朽的胆大妄为的一生,越陷越深的幽美的旧街景,老房子,单一而偏执的垂死的幻听。

雨

雨不用观赏,而是被倾听。当雨从湖对岸推进,直到小旅馆晦暗的屋脚,他可能正跟两三个大学生坐在还没有举灯的客房。被围拢的木桌离开窗稍远,他们中间唯一的女性已经从简单的牌局里走神。走神,醒来,而几乎同时,她又被编织进黄昏滂沱的声音之梦中。室内的另一个也离开他们,他甚至比他的女朋友更加细致地分辨出雨之钢琴最弱的颤音。而当有人把纸牌摊开,无意间他听到几声轻击:披着白斗篷降到瓦上亮眼的雨点,一个孩子盛于水罐的歌唱和心跳。

大　雪

大雪是不太陌生的奇迹,代表几个特别的冬天,相应地成为重要年份的结局或开端。在石库门楼的后厢房里,阴郁的老姑娘摊开厚本子。她记下的这场最新的大雪,跟已经载入她个人史册的另几场大雪一样,永不会融化。

城 市 之 冬

深冬冷雨之中,电车黯淡徐行,街灯一一被提前点亮。这样的黄昏不会适合新鲜的事物:写下第一行诗句;与陌生人开始交往;要么突然有爱情生成……在繁复的城市里,这样的黄昏被用于结束。喝尽残酒,倒掉剩茶,读完小说的最后几页。这样的黄昏,一个人下楼,等待邮差把坏消息递送。

奇 观

妖怪的炼成取决于时间。一只草履虫要熬上多少亿年,才能够变成左右世界形势,朝着外星飞去,掌握核按钮宝贝的老魔?他最初的出身,也可能是一枚病毒,或孤单的水分子。沙石,接骨木,嗡鸣的花脚蚊,鲽鱼或狐狸,金雕或通臂猿,衙门里郁郁不得志的县丞,废弃在漩涡城市里某个地下室的一架坏钢琴……经由最先进的宇宙真理大法炼就的最新一代妖怪,要是回顾自己这些模模糊糊,无从溯源的来历,或许免不了面露惊讶,表示难以置信;这就像一段铜线,一片薄膜或一句捕捉不住的呓语,哪怕就是一架装有手柄的磁力发动对讲机,怎么有可能推进至眼前最新版本的智能手机这样的结论呢?"那么现在的确已经是未来。"一心想要在人之境写诗,却难免写入某种妖魔境地的诗人,其实很早就发现了这一时间的奇观。

(1985—2015)

七十二名

词

……词是飞翔的石头,黑暗嗓音里闪烁的天体。它的运行带来方向,它的吸引力以及拒斥构成了距离,而它那听从内心呼唤的自转则创造时光。每个词独立、完满,却又是种子、元素、春天和马赛克,是无限宇宙里有限的命运。正当冬日白昼,正当我躺在朝南的斜坡,我的目力穿透光芒,能看到语言夜景里不同的物质:感叹如流星划过,数量的彗星呼啸,一个形容仿佛月亮,清辉洒向动之行星……名:太阳。名近于永恒,燃烧又普照,以引擎的方式提供血流和热力给语言。在名之下,有了期待、成长和老去,有了回忆、悔悟和死难,有了四季、轮回、重临和不复返,有了旧梦,新雪,有了生活和妄想拥抱虚无的生命……

海

海被我置于当前。海不是背景,而是我诗的心脏。活着的心脏优先于灵魂。我同意一个说法:"海没有阴影。"海这个字眼也不被阴影遮覆。海总是在我的上方,倾斜、透澈、明亮、静穆。我所知对海最好的比喻,是瓦雷里写下的"平静的房顶"。海一样的房顶在中国的深宅大院里时常能见到:由一片片精细的青瓦编成的广大缓坡,檐上有想象的动物——麒麟、人面兽和鼓眼的蟾蜍,檐下有金属铃铛,还会有象牙鸟笼。处身或回忆、梦想那些远离大海的旧建筑,我一再听到过潮音的节奏,如同沉冥中蓝色的心跳。然而,海是父性的。海匆忙繁盛,一切荣耀归其所有。海比天气更多变化,比大地有着更多物产。海是父性的。海容纳一切名,甚至太阳,太阳也升自海的天灵盖。海是父性的。被海的环状闹市区围拢,逆死亡旋转的海盆体育场里巨人们骑着剃刀鲸争先。在绝对的中心,光辉的塔楼如一枚鱼骨,使世界的咽喉充血,几乎刺穿了嘶声一片。那光辉的塔楼里一双神圣的手正打开,放送真理的白腰雨燕。对于诗,海的名声如此——不是诗的躯体包藏海之心,而是海这颗心脏涌流着诗。

湖

如同一面能剔除阴郁和浑浊的宝镜,湖映出诗篇分明的四季,星辰良夜,晴朗的日子,人鸟俱寂的降雪之晨,越来越明亮的黄昏的雨⋯⋯湖提供诗人这样的修辞:平静、安逸、澄澈、开阔、闲适、舒缓、清和、散淡⋯⋯它也提供了这样的物产:菱藕、荷花、芦苇、青萍、螃蟹、鱼虾、珠蚌、鸥鹭⋯⋯以及这样的景观和倒影:碧绿的山色、火红的落日、隔岸的杨柳、水中的云霓、月下孤舟、雾里亭台、正午的光芒间争航的楼船⋯⋯莲女和渔夫、渡叟和钓翁、志士、隐者、琴师、高手、墨客、僧侣、看风景的和饮花酒的⋯⋯这些老式人物出没于湖上,增添对往昔的怀恋之情——这就是名之湖,书面的湖,泛黄纸张之间的湖,汉字围拢的绝对的湖。它或许是我颓废的内生活,脱离开时间的静止的美,想象力朝向遗忘的坍塌。

书

我妄想过关于书的百科全书,即在一种书里包容下所有既有的书、将有的书、可能的书和梦幻的书。它构成真正的彼岸世界。它来自这个世界的思想之子宫、语言之子宫、野心之子宫和恐惧之子宫。它的一半是迷乱的镜像：无限繁殖自身的虚构，歪曲地反映母亲的形象。它的另一半，是开口说话的永恒的坟场，是它母亲的最后居留地。词是秩序，词也是路径，词就是彼岸世界的完整肉体。词是，那关于书的百科全书的三位一体。奇异的是，这彼岸世界可以被无数次复制、毁坏、放大、缩小、节选、加注、精装、简装、携带、丢失、赠送、转让、抵押和遗忘。它可能在印刷术、统计学、目录编排、系统索引、电脑程序和激光数码之中诞生，但它也可能出自一个抄写员之手，出自一个要把世界的纸张全部用尽，以实践童年妄想的老诗人之手。

纸

纸的命运仿佛写印者。它来自一些琐屑的物质：桑皮、碎网、废麻和破布；但它也来自林涛和竹影，来自几种火焰、沸水和大机器，来自鸟鸣、风动、日照和结霜成花的拂晓。它也来自它自身，当它被再生，一个写印者知道，那墨迹未干的文字里，哪些是他的前辈先贤老调被新唱。纸张递送出去，写印者经历危险的旅行。纸张保存下来,写印者循环于同一个大梦。一线月光掠过纸张,写印者醒来,在另外的时空里以空白重新书写另一生。更多的纸张会遗失、丢弃、撕碎、焚毁。纸张太多,不值得珍惜。集体反复的众口一词或许的确是必要的浪费。纸币改变纸的命运、写印者的命运,甚至改变了世界的命运。纸币的命运是银行祭起的神之命运。为了说明这种不同寻常的非人命运,写印者在规定的特异纸张上烙下过被奉为圣明的奇怪人像。这人像显露于纸的表皮,它更深刻地隐现于纸的内部纹理,偷换纸和写印者的骨头、血液和心。

梦

　　太多的想象力分给它一副呼吸器官。它从疲乏中独立出来,它刚有了系统的蓝色血脉,又攫取一颗狮子的心。它却以一个人形出现在窗口,以鹰的姿态缓慢地起飞,穿透玻璃,掠过庭院里孤寂的树冠,进入另一间睡眠的卧室。它几乎点破钟敲数下时色情的幻想——以一根钢针的锐利,刺探又一个自水底上升的绯红气泡。在诗篇里,甚至在生活中,它已经不再是一次释放,它对于我肯定是一种必然,是命运之车的钢轨,是写作之河的闸门。但它更进一步,它是一种自由,一条进入我体内的生命,一个掌握时间的火车司机,一只调节嗓音的扳道岔之手,一位迫令诗歌长出了翅膀和一对鹰眼的绝对的王者。它持续到死,它贯穿每一粒滴血的字眼,它彩虹的骨架,结构每一本狂妄之书。它置换我的呼吸和心跳,它以只能被名之为梦的方式,刺杀因它而深陷进睡眠的做梦的我。

火

火是人类意愿的起点,火也是人类意愿的终极。它破除人的原始禁忌:星球背向太阳的黑暗,睡梦步入恐惧的黑暗,记忆抵达遗忘的黑暗和生命化作死亡的黑暗。人的白昼由火打开,生活在它的光焰之上迅速蔓延,成为存在的伟大主题。从七千年常明的神圣的火中,人类提炼出元素中最为本质的元素——反自然的精神也终于以火的方式流动于血脉,张扬自我中心的人之命运。反自然精神照耀人类的进化和进步,文明和发明,并一再点燃人之为人的热烈的欲火。语言之欲火,狩猎之欲火,劫掠之欲火和创造之欲火,以及祭祀、求告、收获、节庆、征服、毁灭、思乡、远离、建设、玄想、宗教、艺术、竞技、智慧、算计和无限占有金钱之欲火。甚至爱情和性行为也被反自然的火光照耀，成为更深意义上的相互毁灭。从人之意愿的崇高立场，古希腊哲人论证了普罗米修斯盗火的英雄性。但是在多少年后的一个秋天，在两重大海以外的大陆上，有一个诗人却想以一种懊悔的节奏，重写这关于火的反自然故事。

水

水是这个世界的感性，其形态正如人们所见，是云雾、雨雪、湖海江河以及坚冰。水之感性甚至以无形态的形态充沛，在这个世界，在人们体内。作为原初之物，水有如诞生，生命起源于这个世界的感性之中；作为浇淋之物，水有如洗礼，万有人性和神性显露于感性洁净的表面；而作为湮没之物，水有如毁灭和再造，用感性抹煞现实，并让新的感性理想般现身。水作为女人体，则几乎是火焰，是感性中完美的直觉和过敏。太阳理性调节水元素，也调节身体对水的渴意和对水的排斥。但太阳光谱却正因为水而被人们发现。在霓虹和冰凌里，理性之光由于感性而分解成七色，并且不再冷静、公平和均等。在被水过滤的阳光底下，明黄如此盛大，如女性中永恒的男性因素。

树

　　树跟书的谐音,向我提供了树作为文明进程航船之桅杆的又一个证据。如果没有树,风帆之页将怎么打开,去兜满神的吹息和推动力?在来源于树的众多书籍里,在从桦皮到木简到雕板到纸张的众多言说里,我读到进化论,它告诉我人如何从树上下来,站直了身子;我读到创世记,它告诉我人如何摘取树的苦涩果实,睁开了双眼;我读到经济史,它告诉我人如何自树取火,养育了光明;我读到圣人传,它告诉我人如何独坐于树下,彻悟了大道;我读到植物学,它告诉我树如何释放出珍贵的氧气,保证人的呼吸和生命……而在一本促使我写下这节文字的美好的书中,我读到对树这样的赞誉:"我们人生的树,我们知识的树,是一棵神异的树,这样地迷人,竟使人不知道怎样来描写它。它是木材所造,它从石上生长;它是那给我们以笔的禽鸟的巢;它荫蔽那给我们以柔皮的动物。而且在它下面,一切生物的伴侣,即人类,读着书,想着思想。"(《世界文学故事》)——从树上下来,人走向书;从书中返回,人走向树。

风

  风是空气的语言,风要说出的,是人们无视的空气之存在,正如人们运用语言,说出大地之上人们的存在。风不可索解,空气的语言灵动、变幻、轻易转向、无从捕捉、柔韧、弯曲、飘逸、迅疾而猛烈,其象征性有时并不像诗人们以为的那样。风作为语言令诗人向往,但又有哪个诗人可以拥有一整套完美的风之语言呢?惠特曼有几缕如风的诗行,李白有更多风的品质,其余的诗人只能用诗篇去歌咏清风。风推动世界旋转,给予物质抒情的可能性。风使得仿佛空气般被人们无视者得以吹息。这吹息年轻而俊美,如波斯一本旧经书所言:"最后,创造了外形像十五岁少年的风,它支持水、植物、牲畜、正直的人和万物。"

蓝

  蓝近乎精神,天空和大海近乎精神。但就像天空和大海可能是一种虚无一样,蓝也是虚无,有如精神相对于肉身的虚无精神性。涂抹到我诗篇之上的蓝,却往往从名直到物质,其精神和虚无的内涵及象征，被括入括弧，或被注入一只朝圣雀鸟用鸣啭镂空的声音花瓶。在我的诗里，蓝总是缩小其范围，使天空成为梦的一角，使大海成为完满的鱼形，使忧郁——这蓝的又一个指代——成为一滴贵族之血的精液，滴入南方的爱情子宫。我相信，蓝无法把握。当它是名，而又是物质的时候，其物理（光学）的魔性，会令它在诗行里改变诗的音乐和物质性。一首诗因它变得更蓝，变得玄奥、纯粹、精确和无穷。那括弧里的象征，那从声音花瓶里长出的精神，总是在蓝以虚无笼罩诗篇时完成了诗篇。

光

作为主题，光贯穿人类生活及其历史，它更为明确地（仿佛大海体内循环的洋流）贯穿诗歌及其历史。这个名的魔力几乎就是它提示之物的全部魔力，令眼睛看见，赋予字眼、词语、诗行以轮廓线、清晰度、面积、体量和质感。它甚至使诗篇透澈发亮，成为钻石、星辰和灯盏，成为眩晕的根本原因。所以——我想说——诗歌写作近乎一个魔法师企图去展现光之魔力，它也是（越来越是）这光的魔法师对于光芒的猜测、试探、分析、把握和究尽。写作者滑翔在绝对虚无的光之表面，其规定动作和自选花式带来华彩。写作者更深入,他想象、激情和修辞的三棱镜把光芒谱成七彩和更多的颜色。他也许有名之为《光谱》的叙事诗杀青;他还可以再进一步吗?他抵达光的反面,以内视和内敛触及了光的物理极限。在那里,沉默构成黑暗之诗,通常被一位盲诗人说出。

灯

在汉语里,灯的光芒首先来自那语音。灯——当舌尖触碰上颚,弹出一个清脆之声,语言被突然点亮,词句聚于光晕圈中,阅读之眼几乎盈泪。灯成为汉语里比喻诗歌的天然之名,其寓意也像诗歌一样不言自明。灯——自明,并且把其余的也都照亮;正如诗歌自在,并且证明人的存在。在一盏灯的古典形式里,有石头体液,有植物精华,有一枚火焰,有摇曳更助长其光芒的风,有一只维护的手,有自由殉身的飞蛾和因为被吸引而改变了黑暗性质的黑暗。有时候,我们说,这就是灯盏。更多的时候,我们说,这就是如同灯盏的语言、诗,或一个通体光明的诗人。

尺

它很少以一个具体之名出现于诗行,但它却肯定出现在每一诗行,每一诗篇和所有的诗里。尺是一种灵魂规则,写作的白金法律。尺的不可磨损,正是诗歌理想的不可磨损。尺量出诗艺的程度,跟秤一起,赋予诗篇以"重量、形状和大小"。我把抄录在一本笔记簿里的一段话抄录于此,代替尺说出尺对于每一位诗人的意义——那其实是对人类的意义——"尺象征完善。假如没有尺,技艺便成了瞎碰的玩意儿,艺术便有缺陷,科学便不能自圆其说,逻辑将变得任意和盲目,法律将变得武断专横,音乐将不协调,哲学将成为晦涩难懂的玄学,所有的科学将变得无法明白。"

箭

箭总被用作时间的比喻,然而,箭表现为对由生到死的生命时刻的一次性度量。箭既是命运之弓射出的生命,又是立即射穿这生命的死亡,箭也是,以一声压低的呼啸为全部内容的生命速度。箭更是死亡的速度。箭的这种三位一体,被诗人在前述的比喻中以时间二字顺带着总结了。这一总结是回避性的,故意偏差,企图躲过过于逼人的箭之锋芒——把箭用作时间的比喻,固然也有生命短暂的感伤意味,但却掩盖了命运以箭直取生命,直抵死亡的直截、急疾、严酷和准确。命运之箭百发百中,不可能射失。这箭即是发箭之弓,这箭也是那箭靶本身,这箭还同时是弓与靶子之间的距离。

鱼

鱼是广泛的鲜血,它近于溢出的无限繁殖,它同样众多的纲科种属,足够证明浩淼丰富的创造激情和想象能力。当海被认作涌现诗歌的蓝色心脏,鱼类也同时被注入了作为诗篇的生命。阳光照耀的明净的水下,更多的,在阳光之鞭抽打不及的永恒黑暗的深水之中,鱼类低翔、翻飞,疾掠中划出完美的弧线,或于凝止间突然浮出,就像它同样会突然潜入另一鱼类的幽渺城堡。那靠着虹色细胞组成的异彩,令身体如一盏盏寒冷的灯,闪烁它诗篇的丰华和收敛之美。在有关鱼类的各种传闻里,我感兴趣的,是能够清晰地读出语言、文章、音乐、理想和命运字眼的这样的传闻:一条被放生入海的鱼如何开口说话许下诺言;一条被置于刀下的鱼如何吐出帛书引发革命；一条被星空梦见的鱼如何曼声歌唱点缀爱情；要么，鱼如何抱定化龙的志向翻越巨澜；鱼如何变成遮天的大鸟飞进天池……这样的传闻令我欲删去反复写下的同一些词语——我不知道，像"鱼的鳞片上显现出诗行"这样的句子，是否真出自我的构想。

鸟

人的愿望是一次次回溯——人向往飞翔的伟大理想，体现在更早诞生的鸟类英姿里。甚至借助机械，靠着对风力的把握而使飞翔成为了现实，鸟类也仍然是人的理想。鸟的可能性，代表一个人心灵的可能。鸟的光洁羽翼、清澈鸣啭、轻盈体态和俯冲的激情，则成为一个人语言的猎物——他一生的努力，其实就是要把一闪即逝的鸟之身形，固定在诗歌深潭的水镜之中。于是，鹰指涉王者和广大的权力，凤鸟显现圣心和仁慈，夜莺造就浪漫的歌喉，鹧鸪是失落是愁绪是怀乡病。鸟类更成为选定的使者，传递人人之间的两地消息，也传递神对于人的残暴爱欲，令历史以蛋卵的方式现世，被孵化。人对于神的意识，也总是借助于鸟类的形象——天使，带鸟翅的人形——超凡也就是人性被提升到飞鸟的高度。

蛇

在纸页间,蛇无法有效地展开身体。在我的诗里,蛇无法成为一个比喻、一个象征,甚至无法成为形象。蛇带给我恐惧、惊异、颤栗、过电,真正被吸引以及迷失。它从性感灿烂的符号皮肤里一次次蜕身,令我想到聚光灯下的脱衣舞女,最终不仅要返回蓝色乳房和过敏阴蒂的蜿蜒裸体,而且要呈现为一眼洞穴,洞穴深处的黑暗和黑暗尽头突然透出的乐园之光。正是在乐园,蛇的诱惑之美得以展示,代表物质智慧、肉身抽象和违背神意的语言的胜利。而在诗艺的范围里,蛇总是可以用来说明与精神无关的有毒一面,同时也是美丽的一面。繁复、交错、缠绕、环抱、诡谲、眩移和幻化,这些与蛇有关的词,也有关因为蛇而日臻华美的沉溺的文体。现在,当我毫无把握地谈论起蛇(这个名),我想到的是一位以它为属性的写作中的女性。她的脸在化妆术精致的书写背后完全隐去了,她写下的每一行霓虹之诗,是刺在她背上的漂亮纹章和闪闪的鳞甲。她迷恋经籍里蛇用嘴关闭阴茎的说法。因而,很可能,她写下了与蛇有关的这些文字。

猫

　　此名常常从猫之躯壳里抽身离去……猫,它是一种两面象征,一枚慵懒或矫健的身形,一个理想的色情主义者,一头禁欲与惩戒之兽。它可能是传说的九命妖物,也可能是直觉的死亡大使,它既神圣又难免邪恶,既与月经相关联又常常在叫春中化身为豹子。猫在本质上是一种形容,就像它在真实世界里,并不以其名安身立命。猫之名可能只属于主人,就像其媚态、取悦性表演和恶作剧仅属于主人。在诗人那里,猫成为状语,一则逸闻,不堪时却变作腥酸的骚味儿。

马

　　马在众多的诗篇里丧失实体。马以身影的方式闪现,留传下来的却只有节奏。不是马的节奏,而是不羁的节奏、高蹈的节奏、冲刺的节奏、收拢心力的节奏、在速度中展现广板和柔板的节奏……那个以马为名的节奏。马已经被句子的黑夜没顶,被诗人的想象力摧毁,被刺穿万物的阅读之眼忽视或删除。只有它千变万化的节奏,贯穿在诗歌史的血之航线。我严守与马有关的每一种写作规程。我谈论或歌唱马,只是想尽可能干净彻底把它镂空。而充沛其间的将会是不断来临的幻象,一个骑手的失败和失眠中灵魂的剧烈运动。"必须把运动和运动的结果这两者截然分开,"奥·勃里克说,"节奏是以特殊形式表现的运动。"

鹰

十字猛禽雄鹰,诗人在两方面展开歌咏,对应它高寒中一动不动的强劲翼翅。鹰是王者,因为能直视太阳感知智慧而又是大祭司,它的权力倾向于远离月轮的一重天,它的宗教则占有略微高一点的位置。它的形象总是强悍,伴随着威武、勇毅、严厉、敏锐、迅捷、神力和洞见。它的对手是两种女性,两种想象的羽翼神灵,是权力凤凰和宗教天使——"彼可取而代之",这鸟中重瞳的项羽如是说——"张开翅膀的圣训",那凝望着它的信徒领悟了。而诗人要继续展开诗篇,要让鹰的身形更加孤高、寂然、幽独和凝重。诗人用写下的《时光经》咏叹:"因为鹰,地上的石头开裂,划过宇宙意志的闪电。"

豹

豹是这样的生命：它的出世仅仅为了对应于夜色。这种对应，不仅表现在它那不可思议的闪耀的皮毛，还表现在它的各种现身方式：隐伏的、突然跃起的、激烈的奔走或深邃的静卧。透视之下，它星宿般繁多的美妙花斑向内深陷，被系于一颗蓝色的心——孤寂、忧郁、凶险、冷酷，就像当我们有能力掀开天空的皮肤，我们会见到的夜的神灵。有多少个夜，就会有多少个豹。有多少种夜，就会有多少种豹。我见过的最为典型的豹：一头在都市神话的火炬之下展开形体的雌金钱豹。它对应奢豪的金钱之夜，它高踞于宽大的幻影台阶，变化成一躯嗜血的尤物。它一定告诉了我，什么是最为恐怖的美。

虎

动物志以外，虎是西方和秋天，以白金为最高形态的纯粹的金属；虎也是夜空中稀疏的星。动物志以外，虎的每一线条纹，都经历了带给它精神之美的卓越的大手笔。动物志以外，虎更为稀有、名贵、凶猛和孤傲。当它活生生驻足于月下的地平线，以独立于人的意识之外的兽性摆脱了繁复的比附、象征、拟喻和美之光环，成为一头真正的"白"虎，我愿意它能够再迈前一步，进入我的诗篇。

苍　　蝇

苍蝇为什么从来也不是马戏团角色？它如此充分地模仿人事，参与一切日常生活。苍蝇，它跟我们有相似的习性，爱好亮光，在其中盘桓。当我们用餐，它先于我们品评饭菜；当我们如厕，它先于我们发出了哼吟；当我们照镜子，它甚至攀上光洁的玻璃，更欣赏我们被视觉想象力修饰的形象；而当我们打开那歌集，我们发现，又是苍蝇，夹杂在字词之间，添加诗行的音节，补救了天才的欠缺……是否因为苍蝇的模仿几乎是侵略，即使它有着远比猴子更高的天赋，我们也不给它在孩子们面前施展的机会？并且，苍蝇，我们厌恶它，追杀它，要它死。它跟我们过分一致——聚众、嗜腥、喋喋不休，令我们怀疑——是不是我们模仿了它！

燕　　子

燕子是陈旧的。它有如不断返回的光明，但也许是不断到来的对逝去时日的回忆性再现。它在它自身的命运旅程里永远是燕子,而在一个改变了境遇的墨客眼前,则是早年写下的文字,是由这黯淡的字迹连缀而成的怅然的诗。燕子也可能是另一种文字,当它被书写进以无限为背景的真理之中,它也可能是被放送和播撒的确切的箴言。但作为一种智慧,燕子依然陈旧。《旧约》说:"太阳底下无新事",晏殊说:"似曾相识燕归来"。

鹦　鹉

英武的鹦鹉并没有羽色,一如它其实不解人语。当我在正午的强光下书写了十分钟,我的眼前就会有镂空黑暗的亮鹦鹉蹁跹,它梦幻的色彩常令我想到闪耀的事物。鹦鹉,一个比喻。它离开全体,丰腴的身形出现在一片虚构的海域,它也曾出现在纤细秋雨中愁煞人的街角。有人给予它奇异的象征,另有一些人分享它那可怕的热病。它被海轮装运过来,它栖止于某个老人没落的窗前。它简单的喉舌学会发出它不可能弄懂的复杂语音,它把一位亡父的复仇指令传达给一个刚刚成人的遗腹子——这些无关紧要的鹦鹉知识使得鹦鹉更只是比喻,一个近于驳斥的比喻。没有人能说出这是为什么——鹦鹉,不知道为什么要发出它那模仿人语的反复的啼鸣。

蝴　　蝶

没有止境的族类,不时有新品种入谱。它作为生命的必要性,不如它作为奇迹的持久。它被钉在墙上,或被夹入簿册,更为错杂繁复,它被编排进记忆和语言不可能获得的袖珍迷宫。它的精妙、细微,如同沙子般不断缩小和衍生的存在,令一个人丧失对它的占有。它跟每一首出自幽闭者之手的赞美诗一样对称,一样缜密,一样会投下网结心灵的剔透阴影,它玻璃翅膀上巴洛克风格的眩目图形令它在死后有真正的永生。蝴蝶之名恰切于梦境,说出内视之眼所见幻象的艺术本质,灵魂呈现的灿烂纹饰。对蝴蝶的痴迷是无限的爱;对蝴蝶的想象是一生的信仰;对蝴蝶的搜寻、追捕、认识、鉴别、收藏、欣赏、研究、比较和命名,是无以穷尽的隐秘的宗教。

蝙　　蝠

蝙蝠是真正的黄昏派诗篇,飞进了鼠类安排下日常生活之盛大庆典的广袤夜色——

> 摇摇摆摆地飞行,像没经验窃贼的良心,
> 里面的天性,在善恶之间徘徊。
> 它跟随黑暗,亦跟随光明的脚印。
> 它不是单纯的老鼠,也不是鸟儿,
> 是所谓鼠鸟……
>
> (布伦坦诺《布拉格的建立》)

但蝙蝠难免是天使,因持久的想象而进入了真实世界。蝙蝠不来自人的想象——蝙蝠未必是人的天使——蝙蝠是真正的黄昏派诗篇,抒情的老鼠塑其名。人赋予天使以人的形象和多毛的翅膀,老鼠的想象则给了蝙蝠一脸鼠相和一副光翅膀。正是从它自多毛的躯体上展开的光翅膀,和它的那张脸(尽管是鼠相,却带着多么纯洁无邪的婴儿表情),它作为鼠类天使的神圣身份被认出;它的超现实性、它的宗教感、它摆脱时间顺序循环的逆向式显现,在诗篇里,有了非人的象征意义。

蜥　蜴

蜥蜴或许是贺拉斯认为只博人一笑的那类东西,有如《诗艺》所云:

> 设使画家凭幻想绘出人头接马颈,
> 东拼西凑的肢体披上五彩的羽翎,
> 随意择毫画成上半身是美人艳影,
> 下半身却是丑陋不堪的一尾鱼精;

当然,蜥蜴的脑袋说不上是"美女的"(尽管它有美女的腰和迷惑人的手腕),并且,事实上,它根本就让你笑不出来;但它的确是贺拉斯以为只有在"病夫梦魇"式的"想入非非"里才可能出现的那种东西,"怪状奇形","驯良匹配野性",无任何统一可言。蜥蜴带给你惊恐,因为它的异质感,因为它的欺诈性,因为它在阳光下近于荒谬的游戏本能,它的确塑造出不寒而栗。在蜥蜴身上,组装着也许是因为丑陋而被时间淘汰的古生物部件:狼翅鱼的鳍,古鳕鱼的鳞,虾蟆龙的腿,霸王龙的尾,以及始祖鸟这悲剧男主角近距离的低飞之翼。它是进化史上依旧在衍生的童年噩梦。它窄小的头颅里,有一颗凶险的毒蛇之魂,这灵魂令它有蛇的体貌和蛇的眼神。它在光天白日下偶现,它消失的方式,大概会让空气也起一层鸡皮疙瘩;它在静态中突然变色,隐入石头;它甚至以自残炫耀它的诡谲,断开的尾巴使精明的猎者完全傻了眼。或许,蜥蜴是贺拉斯不容易欣赏的另一种美学——在诗篇中描绘比幻想更甚的冷血的大蜥蜴,是唤出并克服这世界之恶的又一种企图……

金　鱼

　　从纯粹人造的金鱼那里，人得到启示，去塑造一位将人类改造的神的形象。金鱼被强行变为人的装饰物，正像人可能由于神的虚荣欲念，被越来越频繁地纳入便捷的机器环境里。玻璃缸里的金鱼身体如花朵灿烂，几乎已完全丧失了鱼性、动物性；它们不再有自我意识，它们只是为人类而存在。是人要它们献出以人的尺度衡量的美丽，金鱼的一生成为人生一瞬的点缀。但金鱼并不臣属于人。当金鱼属于人造虚构物，属于一种命运的时候，它可能相反地成为人的暗中统治者。在这方面，普希金的童话诗曾经给予我深刻的印象——那些句子要说的是，当人对金鱼的要求过甚，将它从一条鱼变成一件完全的法宝，金鱼就会以一件法宝的全部神性去惩戒，如同机器对人的惩戒。

精　卫

　　当身体沦丧进海，精神要长出翅膀，要附于被重新造化的另一类身体，并且在啼鸣中忆及前世秘密的名字,一个发辫粗大、腰肢细嫩、两颗乳房还未能成形的小女儿的名字。自然豪夺去青春,意志填不平怨恨。这变形记主题隐含着失败,刻骨铭心的双重失败,生命对物质世界的失败。在精卫的飞翔里,在它所投下的正午的影子里,在它喙间被阳光照射得刺目的一粒带血的微木里,我看见我也已化入其间的另一出变形记,语言向着诗的变形记。这也一样是主题隐含着双重失败的变形记,徒劳但却带来了理想和美的变形记。陶渊明说:"徒设在昔心,良辰讵可待!"但其鸣自詨的鸟儿的胸中,毕竟有一颗上古时代精纯的灵魂。

夸　父

又有什么样的变形记不是跟失败有关的呢?又有什么样的失败不能归结为诗人的失败呢?从谈论过精卫的《山海经》里,我又读到了逐日的夸父,另一则英雄的变形记,另一个有关死亡与诗歌的拟喻或寓言。给我感触的是他以手杖化成的桃林——其意义并不在于那些树木,而在于那些树木带来的荫阴。当有人为躲避毒日头走进荫阴,却正好是荫阴,论证着太阳的无可躲避,论证它的永恒存在,并且是不在之在。甚至黑暗和凉意也是太阳的慷慨赐予。这就是说,应该以迂回代替直陈。太阳希望世界对它有隐喻般的爱——一个暗示远胜于对一条真理的揭露。意识到太阳光辉的璀璨是一次觉醒,而妄图追上并占有这光辉的母体则肯定是亵渎。夸父逐日,是诗人式自毁,是血液中技艺注定的失败。从夸父的变形记,我看到来自他渴意深处最终的悔悟。

屈　　原

最初的诗篇里我写到过他,表达对一位源头诗人最初的敬意。屈原,我们汉语的第一诗人,但却并不像别的语言源头的诗人,几乎上升为一个诗神。这可能由于他太多的人间性,太多的政治性和太多的个人性。屈原是一系列姓氏、人格、本事、细节、传闻和虚构,是具体的血肉、声音、抱负、际遇、感叹和决绝。在这些之后,才是语言,才是诗篇,才是可以探知其原来的明喻和暗喻、主题和变奏、柔曼的歌唱和气绝的呻吟。屈原总是以一个身形、一种面貌和一派道德正义出现在纸上、诗行里,可以被过于轻易地触及。而他的诗艺是无从触及的,因为那是内敛在他凡人体内的幽怨之光。至于他诗艺之中的神性,却并未长成——作为种子的屈原的灵魂,并不是一枚神性的灵魂。

音　　乐

　　音乐是第一推动力,是最初的原因,却又是难以摘取的结果,是无以终极的一个终极。如果有谁把诗设想或确实当作一门宗教,他是否有可能在神学词典里找到相当于音乐的那个名?——它不会是灵魂,尽管我相信音乐是灵魂升华的理由,且最纯净的灵魂状态恰好是音乐的。它也不会是天堂,尽管天堂里必定充斥音乐的光辉,但音乐的火焰却不仅是奖赏,那火焰也是惩罚之剑和洗濯之水。或许此名径直是神?而我从不肯将它动用,我对它没有概念,或不接受它所给出的概念。我想说,音乐是一个不能被比拟和替换的绝对之名,以音乐为初始和归结的诗学,甚至不应该具有宗教的意味。音乐是根本广泛的人性,它绝不如神一般空洞,它辽阔、充分、无限而又结晶为一。"音乐的实体包罗一切其他艺术的外部形式的、音乐隐含其间的无限复杂内容。"(维特根斯坦)更多的时候,音乐不能诉说,它最深奥微妙,即使它本身也无法尽显它的奥义。

回　　声

对回声的焦虑即影响的焦虑。我们的诗篇是否由厄科变形的那块回声岩石呢？而我们写下的某几行诗，却肯定是回声岩石发出的回声。事情通常是这样的，我们自以为发出了我们独特的声音，却并不知道早已有人(也许那也只是个回声)言说在先，并且比我们说得更好，更入木三分，更一针见血——我们不知道我们发出的是否回声，不知道我们是否影子、复印件，不知道我们的创造是否一种热烈的模仿。偶尔的几次，我们觉察到我们所处的回声地位，我们倒退着，过渡，期望会有一个转变。我们安慰自己，用奥维德有关回声仙女的诗句——"她听到别人的话以后，毕竟还能重复最后几个字，把他们听到的话照样奉还。"但我们不知道我们念诵《变形记》的方式，是否也是回声式的。

歌　　手

跟诗人不同，他更像一件伟大的乐器。他喉舌的簧片振动口腔里报废的空气，而空气传递空气，并小心不弄乱被赋予意义的有力的波动，灌进每一张耳廓,激活干瘪的脑筋。当倾听者的脑筋终于因为他煽动性的音色而得到了润滑,那脑筋会带动身心全体,在歌唱的黄昏开始舞蹈。因此,他更像一件伟大的乐器,但他事实上是一个环环相扣的联动机器首要的按钮,他导致一间酒吧、一条街巷、一片社区甚至一座城市的一夜夜狂欢。这就是我曾经想象过的歌手。他不同于诗人,他是会带来巨大能量的特殊物质,曲调和词语之电,通过他的发声学进入实在的物理世界。

戏　　剧

戏剧与人生的相似之处,总是被苦思的哲人和敏感的诗人作为结论或一行警句提供给我们。这样的结论和警句也常常是龙套角色唯一的台词。主角驳斥这种言论,要么对它充耳不闻。主角专注于戏剧,从一出戏到另一出戏,人生对于他并不存在——人生属于后台化妆室圆镜映现的那个人,卸妆以后的黯淡模样,吐出一两声叹息的口腔和等着盛装宵夜的胃——而这也可能是一次扮演。有了戏剧,就没有人生。观众所见的也仅只是戏剧,从一出戏到另一出戏。观众并不是有着与戏剧相似的人生经验的非戏剧人物,而是戏剧构成的部分,扮演比那几个龙套重要得多的戏剧角色,令戏剧得以进行下去。对观众来说,人生或许仅只是臀部与板凳接触的那部分,甚至,那微微发麻的几斤腿肉也属于戏剧。有了戏剧,就没有人生。这是主角说给观众的台词,抑或观众强加给主角的台词。龙套角色没有被分派到这么两句。龙套角色未能从导演处抢到更多的台词。龙套角色说戏剧和人生多么相似。

喷　　泉

喷泉被安排在市政厅、大剧院、美术馆、游乐场和街心花园这样一些确立城市形象的区域,在几个晴夜被充分打开,被几种光华的灯盏照耀,被远来的游客、略感不安的初次约会者、逃离父母管教的孩子、丧失了抒情能力的诗人和欢快又悲哀的足球流氓观赏或侵犯。喷泉总是被动——这符合它作为水的本性——被动地流转,升起复落下。它其实只是点缀之物,装饰之物,附加之物,依从之物,却被误认为是一个中心、一种主要的景象、一根独立之柱。众多的雕塑向着它倾斜,节庆的舞会以它为支点,夏季的夜生活围绕它展开。由于它对自然水流的被动改变,几个被喻体——时间和记忆、思绪和语言也被改变了。如喷泉般循环,这就是一座城市的精神!市民们空洞的人工奇观的幸福日子需要一个电源开关,一枚按钮,一只操纵命运的手。

钟　　表

机器改变世界。作为最具统治意味的一种机器,钟表把无限时间变成了人的有限空间。在钟表的统治下,时间是一个循环,让人迷失在沙沙作响直到寂静的圆形迷宫里。这迷宫或即徒步城,由数不清的时间刻度之房间组成。每一个人的目的,似乎正是以一生的徒步去数清他经历的那些房间。在钟表的统治下——就像一位喜欢夸耀其虚玄语言的诗人爱说的——所有的房间是同一个房间。那不同的房间,那从迷宫通往永恒黑暗的呼啸出口,在一个人的时间终止之处,在刻度以外,钟表无以测量。时间不再是个人的时间,钟表令时间成为公共之海,人造太阳。因为钟表的统治,我们离不开钟表。我们把它放在床头,戴到腕上,藏进耳朵、心脏和下垂的胃。钟表作为空间统治,让我们如指针紧追时间。

土　星

土星的魅力是引文的魅力。如同雷克思洛斯让一位仪态优雅的登山女郎说出的那样：

> 日落在那里一定更美，
> 土星之上，有光环，有几个月亮。

起决定作用的，是土星释放出征用或抄袭光芒的卫星数目。另有人却看到土星的黯淡，看到了土星对壮丽所怀的恐惧。是否因为这壮丽属于借来的辉煌、引文的夺目呢？这让它黯淡于迷失其中的自我障碍。巨型光环和过多的卫星难道不会是一种累赘吗？土星因而缓慢地迂回。而我却想要说出更其独特的土星之名，"像一盏弧光灯空照寓言"（《断简》）。那或许是土星的虚幻之名，只不过，很可能，它仍然是另一种魅力的引文。

金　星

仍然作为太阳使者，金星殷勤，在黎明和黄昏两次现身。那是死亡和耀眼的复活吗？星相学家对它知道得更多一些，赋予它爱情、欢乐和吸引力，令它的光芒与女性的身体光芒相重合。那敏感的颈项、饱满的乳房和色情的屁股，以及它们带来的爱抚、刺激、震颤、痉挛和退潮之宁静。在诗篇里，金星是锐利的，以镂刻的方式使美人鱼的现身更为具体和细腻，使一匹无头骏马的奔跑有了秘密的追光。而在象征和星相学以外，引起我注意的是金星与我们地球的相异相反之处，譬如自转的逆向、云中的紫浪，充满二氧化碳的大气和酷热、缺水、尘暴、无磁场……金星有回溯和反向的气质，明快机敏，取捷径抵达。金星性格热情轻信、大胆而易变。它不需要引文，它靠女性的第六感觉。

南　　方

南方或许是地域之名，但更应该定义为精神的向度。在中国，经由南华经、南宗禅以及南朝人物的新愁旧怨、哀痛芜翳和颓废激情，几乎能找出这一向度可能的来历。要是征引域外，那么，荷马曾被目作南方的诗性鼻祖。这种诗性"不断把清新的空气、繁茂的树林、清澈的溪流这样一些形象和人的情操结合起来。甚至在追忆心之欢乐的时候，也总要把免于被烈日照射的仁慈的阴影掺和进去……生动活泼的自然界所激起的情绪，超过了引起的那些感想……"（斯达尔夫人）相对于北方的清醒、理性、神圣、冷峻、刚毅、简明、粗粝和现实,南方从来多梦和感性,更亲近于人,更热烈、华美、繁复、细致,更具想象和幻想的力量。然而,南方又往往南辕北辙,并且,朝向南方的行程不免也朝向北方。南方仅仅远于北方,南方从不是北方的反面。将自身孕育成熟的纯粹的肉体里面,并非不生长同样纯粹的灵魂之高贵。不妨继续运用比喻——南方那寒冷而虚空的终点,在构成了行星宽阔曲面的几重大海背后,那里,与之相对的品质,终被包含于南方之极。

上　　海

上海并非不能用言辞穷尽之名,而是无法用言辞诉说之名。上海跟语言的方向悖逆,朝着感性、肉体、神经和骨髓漫无节制的癫痫症黑暗疾驰。上海在我梦中的形象,永呈漏斗状;上海也确实如一个漩涡,不仅令人眩晕,而且令每一个进入其中者最终成为漩涡本身,无限地运转,在惯性中为避免被高速抛出而努力向心,无限地沉沦。但上海毕竟是两面神的,它甚至不止于两面,它的每一面又能镜像般繁殖出多面。对它无法言说之时,它又已经以对语言的否定扩大了数倍;梦见它坍塌和深陷之时,它又似乎正山岳般耸起。在有关它的所有比喻里,与漩涡相反而合一的一个被写成了炼狱。上海:炼狱。要想通过它洗净罪孽者,又如何抹去它新近加盖于灵魂的黑色印记呢?

希 腊

希腊是一种悬空。即使你脚踏在希腊的土地上,置身于雅典卫城、巴特农神庙或奥林匹亚的阴影,它也仍旧如一柄龙泉在你的上方。它的剑气贯穿一具诗歌肉体,它将挖开谁的头盖骨,让每一朵蓝火焰烧出一个全新的神?并且,希腊不仅是飞翔的锋刃,它也是亮光和白昼,晴空和牵扯住晕眩双眼的隐现的星座,以及一把青铜戒尺,量出灵魂之井的抒情深度。希腊还是这样的敌手,抢先占据了全部纯净的海域,最宏大的太阳,照在白石灰房舍上的灯芯草月华,黎明的性和劳动,冥想,戏剧,盛宴,谈话,石头水槽,青色山梁,乘风的歌喉,喷泉,云影,银杏招展的节奏和玫瑰韵律,它那张黄金面具似乎证明了它的不可战胜,后来的措辞唯有向它无尽地倾斜。希腊更是被命名为海伦的绝对女人体,当对它的爱终于化为劫掠,新诗歌的阴茎在黑暗中插入,那色情伟大的身姿要激发神奇的勇毅去冲刺,改变英雄的智力、史诗和被安排的命运,甚至令一个帝国在失败中诞生并确立。

石　头

石头像一个被用得过多的有效音符,在一首长诗里频繁出现。在晚年对长诗的最后修订中,别的名词将代替石头,这正像晚近的建筑,石头已经被钢材、水泥、玻璃和马赛克取代。石头建筑不会被修复,然而石头却如此有效,即使这建筑已经破败成唯一的石头,这孤独的音符也仍然表现着诗之音乐。石头内部的灯盏被点亮,石头的秘密星图浮出,并且,大石头悲怆,石头如世界般突兀而严峻。那代替了石头的鲜血、盛宴、头颅和太空铝,最终也依然以石头为名,这正像晚近的建筑,说出的依然是石头之名。

植　物

我想起阿莱桑德雷以《树》为题的诗,说那棵树的根茎是一个死者。植物既然由动物肉身而来,植物既然相对于它的种子总是更为精神性、思想性、灵异性和天堂性,在诗篇里,植物就应该是进化自运动生命的生命形态,与科学家告诉我们的正好相反。但即使在诗篇里,植物生命与动物生命也总是经历进化或变异之循环。树从死者长出,苹果令夏娃眼亮,而夏娃是亚当的肋骨,佛陀则降生于另一位夏娃(当她正手扶一棵植物)腋间,并终于在菩提树荫下觉悟。人不断变成植物,少女化为蔷薇,老人预制了棺材,当人的灵魂由动物而植物,其肉身形象却从木形或木质中脱胎返回,成为小型雕塑或一个牌位,被供养于玻璃匣中。在这些变异或进化之外,植物因为泥土、水和太阳而壮大,吐出氧气,令世界呼吸——诗篇正由于呼吸而产生。

村　　庄

象征现代的交通工具——火车或飞机总是从城市到另外的城市,省略和删除了所有的村庄。村庄反复被掠过,被抛在后面,愈益远离、缩小,几乎要隐没消失。它从一种空间、一块地方、一座村庄变成了一个时间之名,一个相对的时间不动点——当有人站在火车尾部,或从飞机上向下俯瞰,他遥见的村庄是朝向往昔的时态,不同于疾驰的此时此刻,缓慢、悠久、从容充裕和迟疑滞涩,其中的事物不容易陈旧(或无法再陈旧),其中的人物,把百年分成四季来享用——当现代的径线伸得更长，城市的弧度抛得更开，村庄有如一点圆心，以凝重平行于飞速旋转、挥霍时光的世纪轮盘。

工　业

在我的诗篇里，工业是一个生硬的词、一个沉闷的意象、一头怪异的巨兽。它有着肮脏的铁锈红皮肤，它总是出现在阴郁的下午，在黄昏的细雨中溅开被风扩散的火花。它伏卧在大地黯然的那一面，用入夜的轰鸣，驱赶天空中繁星的马群。它有着销蚀自然的强权的胃、电的神经和化学的血液。它是盲目的，代替它双眼的是两个忙于计算的人物：工程师计算技术、成本、方案和产量；调度员计算流程和时间。工程师更接近机器大脑，控制激情生命的能量、节奏和深刻的欲望；调度员则总是服从于一颗心——一座把时间划分成年月日时分秒的钟。熟练工人是它更广泛的附件和延伸，命运跟那两个人物雷同，直到成为工业的一部分，成为由它供血的器官。跟外表的蛮横和粗粝相配，它有着它的冷酷理性：官僚体制、等级分工、只有角色没有个人的程序编排的物质宇宙。

飞　　机

当我把书写的笔尖比喻为航空公司的喷气式飞机，我想到的是从地面看上去飞机运行的缓慢和它在空中实际的高速度。飞机与写作的相似还在于它的难以操纵——操纵它所要求的精细、准确、恰到好处甚至玄奥。驾驭一架飞机跟驾驭一支笔，得要有一样的技艺、冒险性、自我控制能力和进入无限时空的想象力。对诗人飞行员来说，飞机即使在实际的飞行中也仍然是一个梦，正如写作永远是梦幻，超越尘俗永远是奇迹。飞机飞行的虚构性令诗人飞行员联想到他那写作的虚构性。我设想，在一则飞行日志里他会留下这样一段话："我感到飞行只关涉时间。在飞行中，速度对于我并不存在，因为距离被无端抽去了。相对于别的交通工具，比如火车、汽车或轮船，飞机缓慢近于不动。运动必须在空间里完成，而飞机把空间缩小为零。因此，我设想，从一地到另一地的飞行是虚构的。我并未抵达，或只是在时间意义上已经抵达。比如在纸上，我已经抵达。"

城　　市

城市的最高形式是天国、乌托邦、移居外星的新人类村。它们被完整地建构在经籍、论文、理性手册和繁复的数据库、公式、图录和电脑的记忆功能(倒不如说是演绎功能)里,仿佛隐身于星辰(字迹或符号)和夜色(无边的纸张、超级硬盘)间。它们的轮廓投射下来,成为地上的、现实的、物质的、时间进程的城市,有意和夸大地展示了宗教领袖、理想主义者、科学狂人的语言和幻想之力所不逮、欠缺及反动。而我们,至少是我,在这二流的影子城市里,也试图以天上的规则来安排作为一个市民的俗世生活,其结果是令自己一半或全部成为镜像——这镜像并不返回到天上,这镜像代表着过去、旧时代、尘封、湮灭、死寂、绝望、传奇、神秘和无从稽考的水中倒影。当我们倒影中的鱼眼睛睁开,我们将看到海底城市,水草充斥着窄小街巷和石头广场的亚特兰蒂斯。它是想象力朝着另一个方向努力虚构的产物,有着不同于简洁精神、升华灵魂、秩序、光明和纯净的沉溺、繁复、瑰丽、怪诞、晦暗和为奇异而奇异、为戏剧而戏剧的迷宫性质。

玻　　璃

玻璃的指向被理解力抽取,而当眼光触及,万有就会以映衬的方式赋予它完全的复杂和多义性。在简明的核心里,玻璃晦涩,甚至玄奥,它带来冷静、光洁、清晰、透澈、锋利和易碎,并且汇集了悦耳却刺骨的空无品质。这种空无不带来自由,仅只是隔绝,正如伟大的音乐提供给人类的并非舞蹈,仅只是战栗。事实上,玻璃是对某种诗歌的最好比拟。它出自石头、炉火、水和工人无止境的操劳,它摒弃的事物远甚于最后留下的无色。这种浪费,仅仅为一个疯狂的决心,为了把漫无边际的空气镂刻出来,或塑造成形。

手　　套

它既非所指又非能指,既是参与和挑战,又表明缺席和退缩。它也许出现在现场,它可以提供的却总是不在现场的痕迹。在刮起了北风的冬之现场,在掷出雪球的嬉戏的现场,在举起了决斗之剑的现场,在与友人或论敌握别的现场,要么,在私下旋开保险箱的现场和一把匕首割开情人咽喉的现场,只有手套显形,手和意志隐而不现。要之,有时候,你会发现,仅仅是手套在运笔书写,手却正指点黄浦江渡轮边低飞的鸥鸟。阅读的侦探并非不能够推断这样的写作动机。

地　　图

在诗艺的地图中心,标上晕眩的塔楼,一双真理之手播撒作为词语的燕子。围绕着它,海盆的旋转是缓慢和幸福的。这想象的地图出自一个鹰眼的航海家,鸦片磨去他脑中的锈迹,单筒望远镜令他看得见命运的指环。这高蹈的地图也出自一个恋爱的梦游者,他在左岸的狮子港口,他的错误引导他奔赴伟大的奇境。异质的地图从烟囱落入诗人的炉火,铸成了一柄幻象之剑,得以刻画每一个亮光充沛的写作瞬间里不可预料的诗行。凭借一幅秘传旁通被点化的地图,诗人得以访问另一个更加真实的世界,从那里,他带回未必能打开每一把确切答案之锁的疑问钥匙。

皮　　肤

皮肤作为身体的边疆,如音乐作为精神的边

疆。但反过来的比喻却不恰当。音乐不同于皮肤，因为它独立于身体和时空。皮肤只是耳朵所听见的音乐里的声音。皮肤为身体的需要而扩张，要么因身体的衰弱而收缩，甚至为哀叹身体的老死而皱起、翻卷、垂落、裂开，仿佛作为另一层皮肤的人的衣装，掩饰不了地说出了拥有着它的那个身体。语速皮肤也总是能反映一个诗人的思维节奏体质。语速既是皮肤，又往往是延伸皮肤的化妆和服饰。语速总是相对于诗歌身体而存在。语速，被出声念诵的诗歌身体之皮肤，在抵抗冷空气、与之摩擦和亲近时，保证一首诗的领土统一和完整。

翅　　膀

翅膀是一种高飞的力量。这种力量仅仅存在于翅膀本身，与拥有翅膀的身体无关——出于这样的信念，神话人物总是能插翅上天，回家则把翅膀卸下，放在一个特制的架子上。在诗篇里，翅膀之名也有如翅膀，可以插入语言，使之高飞。而当翅膀被用过一次或多次，诗人就把它从语言身体上卸下，放入一本袖珍辞典里。翅膀的力量来自这力量的上升本能而不是愿望。翅膀的高飞之力，如勃举的阴茎不受控制，脱离头脑的指挥，甚至脱离开翅膀。高飞的力量才是令翅膀成形的原因,翅膀只是高飞的力量的形式之一种。所以,诗人,他发明令语言高飞的力量,而不仅仅发明翅膀,正像鸟儿发明了飞翔,翅膀于它们仅仅是所谓的翅膀之名。

季　节

从一个季节到另一个季节,一个人经历死亡与复活。对生死死生的认识、体验和吟唱,也许首先来源于被身体创造的季节和季节。几乎因为身体里四条生命的循环轮回,四季才形成,变得分明。诗人出于歌咏自身活力的需要,写下季节,四季,四种想象的动物和四个假面神祇,以及四种器官、元素。季节被理解为不同的方向和事物。从一个季节到另一个季节,即一次转向,一次以旧换新的努力;从一个季节到另一个季节,即身体里一条生命向另一条生命的过渡。季节的差异带来生命和诗篇的戏剧性,这戏剧性内部的回旋细节、回旋悲欢和回旋世界观,是只经历单一季节或与昼夜相应的黑白两季的身体所欠缺,并终于要遗憾的。

黄　金

赋予黄金的象征意义遮蔽了黄金固有的光泽。

而那象征，又令黄金的光彩更夺目。人生在世，成人为之而亡的最高目标几乎已全部归结为黄金——如果就象征层面而言的话。每一种人，甚至每一个人都动用黄金作为他确认的生命意义之名：最可宝贵者就该以黄金名之。黄金的这种广泛性，来自它的罕有和难得。它只是被最为有力、坚硬、冷酷无情者真正拥有和垄断。譬如石头，譬如权力，譬如银行，譬如永恒。它藏于黑暗，它深隐、稀薄、细小、量微，跟它众多的寓意、用途、价值，跟围绕它所产生的政治、计谋、经济、战争、哲思、医道、艺术、体育、道德、行业、数学和诸如此类比例失调。在同样众多的获取黄金的方法、策略、手段及理论中，我认为，逆向式的，我称之为"以梦猎金"的法术是真正独特、真正得到了黄金本身的。说它是逆向式的，因为它是从象征意义，从黄金的无限众多的代名入手去探求其本质——炼金术的途径是：经由人类灵魂的死亡、复活和完善，来点铁成金。

天　　空

　　天空永远令人产生飞升的愿望。通过对它的探测、凝望，你会发现天空本身即是一件飞升之物，不断把我们抛入更为深远的大地。在对天空的冥想、赞叹和向往里,我们似乎下降得更快,以至于突然接近、触及、甚或跌进了相反的另一片天空——白昼落向黑夜或群星隐没于日光——大概正是天空这种在弃绝里承接我们的性质,要令人重新考虑所谓通天塔的营造方式:不是向上攀升,而是向下伸展;不是外在于身体,而是内陷于心灵。

发　　辫

"精卫的发辫",我写道,并设想从一个少女到一只鸟儿的退化缘于她那性感的发辫。有时候,发辫缠绕脖子、细腰、起性的阴茎,并没有用来装饰通常会被比喻为月亮的忧愁面容。在更多的时候,我写下的发辫远离头脑——精神和灵魂不需要发辫。所以,鸟儿精卫长出翅膀,那发辫只是以纯物质的名义如发辫式面包被盛在盘子里,看上去像一个扭曲的等号或一个破折号——它成为一件真正的遗物,腐烂成泥(第二次死亡)的肉身和凌空飞去的魂魄之遗物。在梳理它的时候,我是否会遇到一些思绪(以远古语言的方式结晶)的残渣?要么,在重新编结它的时候它是否会被短暂地注入生命?然而,在诗篇里,我仿佛仅只顺便写到了它……

黎　　明

作为意指开启之名,黎明呈现为一只被指甲划破的柑橘,一座大教堂窄小的门厅,一盏正在被拧亮的灯和一个少女的月经初潮。它也是光谱中的第一个颜色,是一声啼哭,产房里传出了释然的喟叹。但在周而复始的钟表盘面上,并没有属于黎明的刻度。黎明,它的来源深藏在钟表的秘密心脏,在第一个齿轮和第二个齿轮的衔接之处诞生。当一个诗人企图用诗句刻下黎明的印痕,其微微发亮的语言也一样出生在笔尖和纸张之间。并且,黎明一点点从字迹扩散,越来越耀眼,终于发展成笔尖不曾涉及的,纸的广阔白昼。

房　　子

在一则随笔里,我曾说房子是一个诗人的制作之诗。在一次宴饮间,我听到有人把房子定义为不断受到伤害的艺术。在一首诗的结尾,房子作为远景,隐伏于韵律体操的汉字队列间,它只是偶尔被看到,阅读之眼难以把握其全貌。于是,在一个梦里,我透过一扇窄小的天窗看见我自己,坐在一间陌生房子的老藤椅里,侧对一只倾斜的半圆桌。我,或某个人,总是既在房子内部又飞翔于其上,因视点不同而把它看成不同之物。房子,它既是构想之作,又是先于想象的实存;它既是风景又是观看风景的依据;它既是记忆,又是无关记忆的一个地址,是纯粹的形式空壳或无法条理化的思想。我想说,对于人,房子几乎是全部(人的)世界。房子是人的生存语言,房子又是抵抗和亲近宇宙的语言,房子甚至是揭示生存和宇宙结构的语言,是人和宇宙相互戏仿的语言和现实。

香　　樟

在提及树这一集体之名,在它被写下、被阅读的时候,翻打到脑之屏幕上的幻灯片,又映现一棵怎样的树?对我来说,最为典型的树、最具代表性的树、最完满和最像树的树,是香樟。并且,至少在字面的意义上,香樟似乎能超越树性,具有一颗纯洁的樟脑。香樟的半球形树冠升起,那密集、繁多、精美悦目的卵形叶片相互模仿和繁殖,带给它作为一棵树的形式感,以及作为一棵树的无限细节。香樟的躯干也是完全的树,树皮及其鳞片在实际和比喻的意义上也都将被解释为一棵树的完全。它的气味——香樟的气味!也表明这是树中之树。这气味难以表述,也许可以说,这气味有如掠过美人表情的笑意。于是,在我的诗篇里,树总是以香樟的形象出现。而香樟,这被选定的树,则可能是被注入肉身(或从肉身长出)的灵魂形状。

河　流

河流的意义在于其形态,孔子将它概括为"逝"。也许,孔子不是第一个论及河流之逝的人,但孔子在面对逝这一形态时,首先听到了汩汩水声中时间的喘息——河流的时间必然性;河流的时间现实主义——这样,当有人说不能两次涉足同一条河流,他谈的其实是时间问题;而当有人把时间与自由意志相联系,他要刻画的也许是河神的风貌和灵魂。我猜想,一切关于时间的理论,都来自人在河上的经历;未曾亲近过河流的人,不会对时间有充分的理解。因为河流的溢出,有了泛滥的时间观,对万古洪荒的概念;因为河流的急泻,有了迅疾的时间观,对光阴不再的感叹;因为河流的曲折,尤其是漩涡的眩晕,有了盘绕的时间观,对循环反复的迷惑;因为河流的平坦,它的开阔和静谧,有了缓慢的时间观,对千年一日的把握;因为河流的枯涸,在某个季节的消隐,有了空无的时间观,对时间的质疑和否决;又因为河流的奔腾不息,涌流不止,有了永恒的时间观,对无限的想象能力。而真正的时间在生命内部,我们身体里血液的河流,正是内在时间的证据。

钢　琴

钢琴从深处昂起头颅,激越中喷射喧哗的银杏。它身体内部,一扇闸门关闭,逼排出多大的洪水,而一支乐队已连同黑暗被消化和吸收。每当我写下钢琴,我就想到这比拟:它在音乐里就像巨鲸在海的光芒里——它是那悦耳却令鱼类真正胆寒的伟大海盗,每一首协奏曲都会成为它吞食乐队的辉煌罪证。钢琴也可以是鸟中大鹏,垂天之翼超出了鸣声婉转一族的想象。而当它如同利刃,"割开春天的禁令",或当它传达出一颗灵魂的全部豪情,钢琴又会是人中龙凤,以烈火为肺腑的英雄。在十根纤指之下,钢琴,它也会是一种狐媚,一个梦想中变化的美人。

太　阳

正眼凝视太阳的瞎了眼,热爱太阳而进入其中者全部都成灰。有如一座被律令填满的绝对的禁宫,它放射普照帝国的统治之光,慈祥、温润、亲和、宽爱,牵引万有再也离不开它的吐哺,但又以权威和烈焰严拒每一寸向心力的逾闲荡检。它规矩繁复的真空大内里,无形的剑气必赐带阴影的事物以死。它的以惩罚之名倾盆洒向黄道赤道的滚烫的鞭子,也总是带着皇帝的震怒和神的圣洁。于是,我看到,正眼凝视太阳的瞎了眼,因热爱进入其中者全部都成灰……有一颗皮开肉绽的年轻灵魂被太阳剃度——太阳先是他盲目的宗教,最终要成为他诗艺的火刑台。他选用一座漆黑的迷宫作为他所修的单纯的太阳经,他似乎懂得,对太阳的牺牲也总是需要太多的技艺,需要对意料之外的晦暗那一面做尽情的发挥。而我却不是太阳的教徒——我的诗篇享用过太阳,我要的是太阳铿锵节奏的神奇的光泽,以及它的几种品质:比如火焰,比如激情,比如雄辩和黄金之爱。我更愿意以似是而非的远离来表现对它的赞美。但是,我也更倾心于想要以太阳的大祭司身份说话的那个人,唯有他毅然冒犯,走上了一条似乎能贯通太阳的死路。

独　角　兽

对于独角兽全部的理解,如同对于它所有的想象,全都集中于奇异的触角。这触角并非从头颅长出,这触角直接自良心里挺立。独角兽的触角,是探向神界的人类之触角。独角兽出,而至仁者出。这才是它与高洁灵魂的因果关系。人类以独角兽要求大德,那大德才降生为一个圣人。事情正好与几种典籍中所说的相反。或许,独角兽也就是人之大德。它隐而不显,深藏进每一具肉体凡胎。它自胸腔向上升起,却难得突破骨头和皮肤。孔子几乎要长出触角,基督则可能是唯一在大地上现形的独角兽。

食 蚁 兽

很难预料它会在怎样的背景下现身。它的造型超出了这个世界的想象,它那进化中犯规的肉体,应该能证明自然精神创造的非理性。食蚁兽,它是一具实现的幻想,对于昆虫,则成为悲观绝望的理论根据,而在任何一行诗里,它都像无法安插进去的黑暗之名。它可能会经过诗之门楣,它可能曾经留在诗的冷月下,它可能把它那与嘴无关的奇异吻部伸进又一眼押韵的蚁穴。但它根本只是在诗行之外。在预料不到的时刻,它来了,把它那诡异的身影投射到我的字词之上……

时　限　鸟

它或许是了然命运结构、深得时光本意的鸟儿。我是在一本笔记、一部小说、一种百科全书，还是在一个花鸟市场上见到过它，记住了它的名字的呢？我把它镶嵌在我的几首和更多诗篇里，渐渐我觉得，它脱离开鸟儿的飞行和鸣啭，变成了一个仅能被瞥见的时光背景，一个被洗褪的命相定律之名。它本身已经匿而不见，作为一个物种，它也在鸟类学卷宗、飞行辞典和各类语言手册里消失。当有人指向此名，打听时限鸟的时候，我无法描绘它作为鸟儿的羽毛、嗓音、姿态和习性，我没有从书籍的哪一页或博物馆的哪个厅室里，找到相关的图像、标本和骨骼。时限鸟变成了遗忘和遗失之鸟，它如一块黑板擦飞翔在头盖骨弧形的脑之穹隆，抹去命运和时光的粉笔字迹。而这种抹去亦即时光和命运，时光中的命运。

失　眠　症

失眠症被涂以暗蓝或银灰。我对它没有切身体会，然而我将它写进了诗篇。它说出的忧郁愁苦笼统抽象,其背景或氛围是海畔连夜不绝的波澜,林中落叶接触地面最细微的叹息,排着队的车灯照射每间卧室的天花板,令影子窗框反复呈现扇形,移动着轮回。然而,有一天,一个沙之书般异乎寻常的女子——她的出生日要早于博尔赫斯发明这个喻体十五年——把真正的失眠和由无数失眠之夜构成的失眠症带给了我。在一些夜晚——在无辜的宿疾——在那个名下,我企图回想还是忘却她打开一次就不复再现、无从检索重阅的最为华丽、明媚、凄美、痛楚和羞愧的那一页(花体字母围绕一幅性交装饰画)?她神秘地从浅褐到达了深红,并向着玫瑰和橙黄矫健一跃。她的晴朗,她灵魂出游的闪电一现!我捕获还是放弃的,仅只是银灰和暗蓝?如同失眠症失忆的病源和作为其终极的无梦之梦。

海　伦

跟君特·格拉斯《鲽鱼》中某个表达相仿,当我想谈论诗和命运,我能够想到的也往往是床笫和厨艺。鲽鱼见过长着三只乳房的女人,而我幻对的,是三位女性。三位女性在不同的床上,规定着诗歌的来龙去脉,令词语烹调出伟大精神的丰盛菜肴。第一位女性是美丽性感轻浮的海伦。她从墨涅拉俄斯的婚床到帕里斯的婚床,创造了远不止一个城邦及其英雄的命运近景和更广阔的远景。她在床上的非凡活力硕果累累,令荷马盲目地一展歌喉,令索福克勒斯、欧里庇得斯得以确立,令歌德到老也依然难以对她忘情……最后那位,在他的旷世巨著里,曾经专门称颂过海伦之名——

这些言语虽然与众不同,

但也有着唯一的指向:你!

我是否可以把从床笫到床笫的海伦视为创造力之母?是她的肉体孕育生养了诗人和诗,她如同破空而出的开篇的灵感。通常做着仲夏夜之梦的诗人,会忍不住要在《仲夏夜之梦》里这样感叹——

情人……

能够从埃及人的黑脸上看见海伦的至美娇容。

山 鲁 佐 德

山鲁佐德是第二位女性,过程中的诗篇和诗人,《天方夜谭》实际的作者,有着智慧、技艺、牺牲精神和床上功夫。她胸怀一颗拯救之心,她在苏丹山鲁亚尔那断头台似的血腥龙床上改变命运：苏丹的命运，她自己的命运，一种性别的命运和一个国家的命运。她改变那因杀戮之心而到了头的命运。转折点是那些故事诗篇。她的魅力主要来自于知识、措辞、悬念和决心，她不仅用语言所做的一千零一夜的持续努力恢复了时间和人的生活。我认为她正是床上的诗人——带给倾听者苏丹以启示，并使之终于觉悟的，除了她非凡的诗艺，她的关怀和劝诫，难道就没有她一夜夜献出的极乐身体？

俾 特 丽 采

她的宁静、超凡和圣洁出自但丁·阿利吉耶里的一场大梦。跟另外两位女性不同，她是跳出了肉身的绝对精神，一颗裸露的光辉灵魂。不过，我相信，像《神曲》这样伟大的梦幻之诗必须有一张结实的眠床。因此，俾特丽采，这诗的结晶，她事实上也是一件床上之物，诗人在床上的梦中之物。她是我所谓的第三位女性，归结诗和命运的终极女性。诗和命运到她那儿即告终止。由于她的贞洁完美和神性，她不具有繁殖能力，她也将不再允许语言会因她而给出低俗的快感。到她那里，诗人的命运以及诗篇也到达了极顶，全部完成。然而又有谁能

够真正全部完成呢?《炼狱篇》说:

  规定好的所有篇幅已经写满
  艺术的嚼铁扣住我不许再事奔放

(1989—1996)

跋

我从1981年大学一年级开始写诗,迄今已逾三十五年。但丁在《地狱篇》第一行称其三十五岁来到了人生的中途,也许我可以移用,说自己的写作也已走过了半程(我是否企图再写三十几年?)。那么这就是一本半程诗选,并且主要是短诗选,没有收入在我的写作中用心和着力很多的长诗(它们在我的《夏之书·解禁书》和《流水》里有比较充分的呈现)。占这本诗选另外不少篇幅的是三组不同于分行排列的诗,比起分行排列的诗,它们更强调和发挥新诗文体呈现思想之形态的散文质素——从一开始,新诗就以取消格律乃至韵文文体来发明自己,无论其分行或连行排列的诗,都是所谓散文的诗。《十片断》《二十七章》和《七十二名》三组诗,更坦率地去显示新诗的这一文体特性。

陈东东

2017年1月24日·深圳大梅沙见山书斋